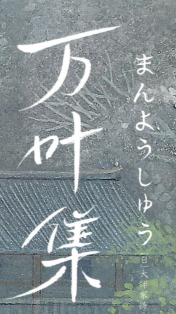

万叶集

まんようしゅう

IV

［日］大伴家持 编 金伟 吴彦 译

中信出版集团｜北京

目　录

卷十四

宿幕　神坂雪佳

东 歌[1]

1. 东歌：东国的歌。东国是日本古时对大和以东地域的称呼。但在不同文献和不同场合下具体所指范围不同。从卷十四的歌来看，东海道方面，从距离京城最近的国开始顺次排列为：远江、骏河、伊豆、相模、武藏、上总、下总、常陆（无甲斐、安房二国的歌）。东山道方面，有信浓、上野、下野、陆奥（没有出羽的歌）。东海道和东山道属于五畿七道，从都城延伸出的官道与之相连。东山道从近江到飞驒，东海道从伊贺到三河的歌未收入。这就是说，当时这些国还没被划入东国的范围之内。

3348　海上泻[1] 的海滩

　　　　将船儿停靠

　　　　夜色已经降临

　　　　此一首，上总国[2] 歌。

3349　葛饰真间[3] 的海湾

　　　　船儿在航行

　　　　水手们开始忙乱

　　　　好像涌起了波浪

　　　　此一首，下总国[4] 歌。

1. 海上泻：上总国的旧海上郡沿岸地带。海上郡，
即今千叶县市原市养老川流域一带。不过下总国也
有海上郡，包括铫子市、旭市在内。左注虽记作上
总国歌，但无法确定是哪一处。
2. 上总国：今千叶县中部。原来的总国在仁德天皇
时代分为上下两部分，上总国在下总国的南部。
3. 葛饰真间：又作胜鹿，前出，见卷三·431注释。
4. 下总国：今千叶县的北部。

森崎海岸　土屋光逸

3350　筑波岭的新桑茧
　　　织成的衣服虽好
　　　更想穿你的衣服

3351　筑波岭在下雪吗
　　　还是没有下雪
　　　可爱的阿妹
　　　在把布晾干吧

　　　此二首，常陆国[1]歌。

3352　信浓[2]的须我[3]荒野
　　　听布谷鸟的叫声
　　　时节已经过去

　　　此一首，信浓国歌。

1. 常陆国：今茨城县。东海道十五国之一。
2. 信浓：今长野县。
3. 须我：又表记为"须贺"，所在不明。

鸢尾与飞蛾　铃木其一

3353　在粗玉[1]的寸户[2]

　　　让你站在林中

　　　我无法离去

　　　先一起共寝吧

3354　寸户人的斑点被褥

　　　絮了厚厚的棉花

　　　能钻进去该多好

　　　在阿妹的小床上

　　　此二首，远江国[3]歌。

1. 粗玉：地名，见于《和名抄》远江国郡名中。
2. 寸户：所在位置不明。也有人认为是静冈县滨松市东北部的贵平。
3. 远江国：静冈县西部。远江以东是采集东歌的主要地区。

富士山的杂木林　**3355**
绿树的阴影移过
　不能来相会吗

去富士山的路　**3356**
　不管有多长
若是去阿妹身边
　用不着喘息

雾笼富士山　**3357**
我来到这里
叹息的阿妹
不知朝向何方

3358　　如穿玉的绳絮
　　　　相会太短暂
　　　　心中的激情
　　　　如富士山的流水
　　　　轰鸣奔流不息

3359　　骏河海边的礁矶
　　　　生长着葛藤
　　　　把自己交给了你
　　　　却辜负了母亲

　　　　此五首，骏河国歌。

伊豆的海面上　3360

涌起白色浪花

一直恩爱下去

为什么心绪烦乱

此一首，伊豆国歌。

3361　足柄山的四处
　　　　设下了圈套
　　　　安静下来的时候
　　　　阿妹和我解开衣纽

3362　刚忘记相模的山峰[1]
　　　　谁喊起阿妹的名字
　　　　别让我失声哭泣

3363　送心上人去大和
　　　　在足柄山的杉树间[2]

3364　足柄的箱根山[3] 种粟
　　　　已经抽出了谷穗
　　　　为什么不能相会

1. 相模的山峰：具体指相模国的哪座山不明。也有人认为是神奈川丹
泽山地东南部的大山。相模，国名，今神奈川县。
2. "送心上人去大和"二句：这两句之间有"麻度知太须"一句意思
不明，注本都无确切解释，有待后考。
3. 箱根山：神奈川县足柄下郡箱根町的山。

镰仓的见越崎[1]　3365

如崩塌的岩石

我决不会变心

让你感到悔恨

我去和爱人同寝　3366

镰仓的水无濑川[2]

没涨满河水吗

足柄的小船　3367

转了许多地方

无法相会吧

心中如此思恋

足柄刀比的河谷[3]　3368

温泉流淌不绝

心中摇摆不定

可阿妹没说出口

1. 见越崎：可能是神奈川县镰仓市西边的腰越小动崎。
2. 水无濑川：或表记为美奈濑川，由长谷流入由比滨的稻濑川，今小川。
3. 刀比的河谷：可能指汤河原町千岁川两岸的河谷。刀比，又表记为"土肥"，神奈川县足柄下郡汤河原町、真鹤町一带。

3369   足柄山崖的菅草
　　　　用来做菅枕吗
　　　　请阿妹枕我的手臂

3370   足柄的箱根山
　　　　铁线蕨花般的阿妹
　　　　不解衣纽能睡吗

3371   足柄险峻的山口
　　　　心中的思恋
　　　　终于说出了口

3372   相模道余绫的海滨[1]
　　　　如无尽的沙数
　　　　思恋可爱的阿妹

　　　　此十二首，相模国歌。

1. 余绫的海滨：位于神奈川县中郡，国府津东部。

3373　多摩川[1]晒的手织布

　　　发出飒飒声响

　　　为何阿妹如此可爱

3374　在武藏野[2]烧骨占卜

　　　真是不可思议

　　　我没说过你的名字

　　　却在卦象里显露

3375　武藏野小岫[3]的野鸡

　　　从离别的那夜开始

　　　再也没和你相逢

思恋时挥舞衣袖　3376
像武藏野的苍术花[1]
决不能露出颜色

武藏野的草　3377
左右摇摆不定
可是无论如何
我都将依从你

入间道[2] 的大屋原[3]　3378
黏滑的莼菜蔓
请不要离开我

1. 苍术花：呈黑褐色，开花期间像干花一样始终不改变颜色。
2. 入间道：通往入间郡的道路。入间郡，武藏国的旧郡名。
3. 大屋原：可能是入间郡越生町大谷。

3379   我的心上人
　　　　　怎么说你才好
　　　　　武藏野的苍术花
　　　　　从来不改变颜色

3380   琦玉港[1] 停泊的船
　　　　　狂风吹断了绳索
　　　　　也别断绝音信

3381   飞向宇奈比的鸟儿
　　　　　一定要去相会
　　　　　我已下定决心

　　　　　此九首，武藏国歌。

---

1. 琦玉港：行田市南部原来叫埼玉村，附近有利津川港。

马来田[1]山的细竹　　3382
叶子上落满露水
被濡湿的我前来
你会更加思恋吧

马来田山挡住视线　　3383
　　如此远离家乡
　　　想和你见面

此二首，上总国歌。

1. 马来田：上总国望陀，今千叶县君津郡富来田町。

3384　葛饰真间的手儿名
　　　　真的倾心于我吗
　　　　真间的手儿名啊

3385　葛饰真间的手儿名
　　　　活在世上的时候
　　　　真间的礁矶一带
　　　　传言如喧嚣的浪花

3386　用葛饰的早稻
　　　　祭祀神灵的夜晚
　　　　那个可爱的人儿
　　　　能弃置门外吗

3387　想要没有蹄声的马儿
　　　　不断踏过真间的木桥

　　　　此四首，下总国歌。

◎ 卷十四·3384 是一首童谣风的歌，作者被人们说成是传说中美女的
相好，虽然自知是调侃之辞，但仍不禁流露出欢喜之情。

洞庭秋月 横山大观

3388　笼罩筑波山的云雾
　　　　在山顶纹丝不动
　　　　门前叹息而过的人
　　　　领回来同寝后
　　　　再让他回去吧

3389　渐渐远离阿妹家门
　　　　隐入筑波山前
　　　　请不断挥动衣袖

3390　筑波山啼叫的秃鹫
　　　　只能失声痛哭吗
　　　　再也无法相会

从筑波山的后面　　3391
　　能看到苇穗山[1]
　　看不出一点缺陷

　　　筑波山的岩石　　3392
也会轰然落入水中
我不想分手的事情

　　　筑波山的四处　　3393
处处有看山人
虽然有母亲看守
　　灵魂已经结合

1．"从筑波山的后面"二句：这二句是序，"苇穗山"读作 ashihoyama，
与后句的"欠点"ashi 构成同音关联。以赞美山的完美表示自己对爱
人的赞美之心。苇穗山，茨城县新治郡八乡町与真壁郡真壁町之间的
足尾山。

3394　在筑波山边的路上
　　　　如果已把你忘记
　　　　不会喊你的名字

3395　筑波山升起新月
　　　　离别的夜又增加
　　　　还能再同寝吗

3396　筑波山密林间
　　　　飞出一只鸟儿
　　　　只能看着你吗
　　　　无法和你共寝

3397　常陆浪逆[1]的海藻
　　　　会被人扯断
　　　　我怎么会离开

此十首，常陆国歌。

1.浪逆：即浪逆海，茨城县鹿岛郡波崎町与千叶县铫子市之间的利根
川河口至北浦、霞浦一带曾有广阔水域。今鹿岛郡神栖町西的湖泊外
浪逆浦是浪逆海的遗称之地。

即使都断绝音信　　3398
埴科¹石井旁的少女
不能断绝音信

信浓道²是新开的路　　3399
别让树桩扎伤马蹄
快给它钉上蹄铁

信浓的千曲川³　　3400
小石头被你踏过
当作珍珠拾起

中麻奈⁴漂浮的船　　3401
出航将难相逢
如果今天不见面

此四首，信浓国歌。

1. 埴科：地名，长野县埴科郡。
2. 信浓道：通往信浓国（今长野县）的道路。
3. 千曲川：发源于长野县南佐久郡，流经小诸、上田更埴各市，与犀
川合流，流入新潟县后称信浓川。
4. 中麻奈：难解词，可能是地名，待后考。

3402　翻越碓冰山[1]的那天
　　　你使劲挥舞衣袖

3403　如今我的思恋
　　　是如此凄凉
　　　多胡入野[2]深处
　　　将来也凄凉

3404　上野安苏的束麻
　　　抱着入寝难满足
　　　我不知如何是好

1. 碓冰山：上野国和信浓国之间的山卡，旧时的中仙道。
2. 多胡入野：群马县多野郡多胡村（今吉井町）。

上野的乎度多抒里　**3405**

能再相会该多好

一个人在河边上

上野佐野[1] 的油菜　**3406**

摘来作成菜肴

我在苦苦等待

即使今年不来

上野的真桑岛门　**3407**

朝阳光彩夺目

让人久久注视

1. 佐野：高崎市东南部。

三千米　吉田博

3408　新田山[1] 的山峰不相连
　　　没有同寝却起了流言
　　　那个若即若离的阿妹
　　　更让人觉得可爱

3409　伊香保山[2] 上
　　　云朵层层环绕
　　　人人骚动不安
　　　去同床共寝吧

3410　伊香保山附近
　　　榛树林里的根茎[3]
　　　不要为将来烦恼
　　　只要眼下开心

1. 新田山：群马县新田郡的山，据说是太田市北的金山。
2. 伊香保山：群马县北群马郡的山。
3. "伊香保山附近"二句：这二句是序，"根茎"读作 ne，引导出后面的歌句。

在多胡山[1]结绳索　　3411
　想方设法接近
　可总是毫无反应
　那张美丽的面孔

上野久路保山[2]　　3412
　葛藤长长延伸
　远离心爱的阿妹

不辨利根川的河滩　　3413
　迎面扑来波浪
　没想到遇见了你

1. 多胡山：多胡郡的山岭。多胡郡，即今群马县多胡郡。
2. 久路保山：横跨群马县势多郡与利根郡的赤城山的总称。

3414　伊香保的堤堰上
　　　　升起了彩虹
　　　　直到被人看见
　　　　还在继续共寝

3415　上野伊香保池沼
　　　　种植的小水葱[1]
　　　　如此苦苦思恋
　　　　求到种子[2]了吗

3416　上野可保夜池沼
　　　　拉起莼菜蔓
　　　　请不要离开我

1. 小水葱：一年生草，叶和茎可食用，果实秋天成熟，里面有许多种粒。

2. 求到种子：暗喻得到女子。

上野的伊奈良　　3417

池沼生着灯心草

与远远相望时比

如今更加思恋

《柿本朝臣人麻吕歌集》出。

上野的佐野田　　3418

用禾苗来占卜[1]

事情已经确定

现在如何是好

伊香保的人啊　　3419

心里定下的事情

请不要忘记

1. 用禾苗来占卜：小学馆《日本古典文学全集》等注释书推测，可能
是在田里随意拔下一束禾苗，根据奇偶数来断定凶吉。

富士十景・河口湖　吉田博

上野佐野的舟桥　3420
　如果被拆掉
　　母亲会阻挠
　　我们能分离吗

伊香保山的雷　3421
　请不要轰鸣
　　我并不介意
　　是为了阿妹

伊香保的山风　3422
　吹一天停一天
　　只有我的思恋
　　没有停的时候

上野的伊香保山　3423
　　下雪难通过
　　阿妹家的附近

此二十二首，上野国歌。

3424　下野[1] 的三毳山[2]

　　　　小橡树般美丽的阿妹

　　　　会为谁提食篮[3]

3425　下野安苏的河滩

　　　　不踏石头飞来

　　　　倾听你的心声

　　　　此二首，下野国歌。

1. 下野：即今栎木县。
2. 三毳山：佐野市与岩舟村之间的山。《和名抄》诸国驿站的一条处有
下野国驿站三鸭的记载。"三鸭"读作 mikamo，与"三毳"同音。
3. 为谁提食篮：即做谁的妻子的意思。

远离会津岭¹的家乡　　3426
　　如果无法相会
　　请结上纽带思念

筑紫美丽的少女　　3427
　　为了你要解开
　　陆奥的香取阿妹
　　结好的纽带吗

安太多良²的山上　　3428
　　野兽正在睡觉
　　我要去相会
　　别离开睡房

此三首，陆奥国歌。

1. 会津岭：福岛县会津地方的山，磐梯山的古名。
2. 安太多良：福岛县安达郡的安达太良山。

譬喻歌

3429　　远江[1] 的引佐细江[2]

　　　　如航标让人期待

　　　　倒不如将我舍弃

　　　　此一首，远江国歌。

3430　　清晨驶过斯太湾[3] 的船

　　　　是随波漂流而来吗

　　　　一定是有缘由

　　　　此一首，骏河国歌。

1. 远江：琵琶湖称近江，即距离京城较近的淡海（湖）。与此相反，远离京城的滨名湖是远处的淡海，称远江。

2. 引佐细江：在今静冈县引佐郡，滨名湖凹入的部分水域。

3. 斯太湾：静冈县志太郡，骏河国西端，与远江相接。

◎ 卷十四·3430 从第三者的角度，描述男子徘徊于所爱女子家门前的举动，口气中充满揶揄和同情。

足柄的安伎奈山   3431
　　在山里拉船[1]
　　从后面被扯住
　　是因为阿妹

足柄的和乎可鸡山   3432
　　像盐肤木那样
　　希望来邀请我
　　不用割下树皮[2]

镰仓山低垂的树枝   3433
　　如果你说等待
　　我会一直思恋吗

此三首，相模国歌。

1. 拉船：是指在山中做好的船，放入河中时，为防止急流将船掀翻，用绳索将船尾拉住，原文称这种船为"引舟"。最终歌的中心从"引舟"转向"阿妹"。
2. "希望来邀请我"二句：此二句意思不明，诸说不一，这里按照岩波书店《日本古典文学大系》的解释译出，但上下句的关联与内在含义不明。

3434　上野的安苏山
　　　　葛藤在旷野延伸[1]
　　　　怎么会中途断开

3435　伊香保旁的榛林
　　　　我的衣服染上了颜色[2]
　　　　单衣没有衬里[3]

3436　小新田山[4]的守山人[5]
　　　　希望树木不枯萎
　　　　枝叶永远翠绿

　　　　此三首，上野国歌。

1. 葛藤在旷野延伸：蔓延不断的葛藤用来比喻情思。
2. 衣服染上了颜色：意指对女子很中意。
3. 单衣没有衬里：指所爱的女子心地很单纯。
4. 小新田山：前出，见卷十四·3408 注释。
5. 守山人：可能意指将女儿秘藏家中的父母。

陆奥的安太多良弓　　3437
如果卸下了弓弦
恢复原来的形状
能挂上弓弦吗

此一首，陆奥国歌。

◎ 为了保持弓的弹性和力度，使用后通常将弓弦卸下放置。陆奥的安
太多良弓是很硬的弓，很难装上弓弦。舍弃恋人而去的男子，回头希
望复合时，女子以卷十四·3437 作答。

杂歌

3438　听都武贺野的铃声
　　　可牟思太府上的青年
　　　好像在架鹰狩猎

3439　驿站响起铃声
　　　想从阿妹的手中
　　　畅饮泉井的水

3440　清晨在这条河里
　　　洗菜的阿妹啊
　　　你我的孩子同龄
　　　把你的孩子给我吧

◎ 卷十四·3440 字面意思是男子向正在河边洗菜的女人请求做亲家，
鸿巢盛广《万叶集全释》认为是男子带有卑猥之意的戏言。小学馆《新
编日本古典文学全集》也认为男子的话暗示着性器。

纳凉美人　歌川丰广

3441   遥远的白云下
能看见阿妹的家
想快快赶到那里
快跑我的马驹

3442   东路[1]的手儿呼坂
让人难以翻越
在山上过夜吗
没有投宿的地方

3443   我在路上信步
青柳萌发嫩叶
让人浮想联翩

1. 东路：即通往东国的路。

伎波都久的山冈　3444
　我在摘韭菜
摘不满一篮子
请那人一起摘

水门的苇丛里　3445
　请你来割菅草
好做寝床的屏风

阿妹汲水的河岸　3446
长着细小的芦苇
是谁说阿妹不好
我一点都不在意

3447　想到安努去

　　　　开辟出一条路

　　　　因为没有去安努

　　　　路上长满杂草

3448　花朵纷纷飘散

　　　　直到对面的乎那山[1]

　　　　变成海里的小岛

　　　　祝君健康长寿

3449　枕着洁白的衣袖

　　　　我看见渔夫的船儿

　　　　从麻久良我驶来

　　　　请不要涌起波浪

3450　乎久佐的壮士

　　　　乎具佐的汉子

　　　　并排站在一起

　　　　乎久佐更威武

1. 乎那山：静冈县引佐郡三日町上尾奈的山。

在佐奈都良岗种粟 　3451
爱人的马吃谷穗
我也不嘘嘘驱赶

请不要焚烧 　3452
美丽的荒野
在枯草地上
萌发出青草

远方的阿妹 　3453
为我穿上的衣服
袖口已开始绽线

麻布被褥啊 　3454
哪怕只在今夜
能引来心上人
麻布被褥啊

相闻

思恋就来见面　　3455
墙垣内的柳梢
已经被扯得枯萎
我站在这里等待

无论有多少流言　　3456
都要努力争辩
不要说出我

去宫中的心上人　　3457
枕着大和女[1]的膝头
也不要忘记我

1.大和女：住在大和的某位女子。

3458   我的心上人啊
          等里的冈道[1]相隔
          让我潸然泪下
          直到抽噎不止

3459   春稻而皲裂的手
          今夜让公子握住
          还会叹息不已吗

3460   是谁推这家的门
          夫君去奉献新米
          此门正在守斋

3461   这是为了什么
          不来见面同寝
          日落天黑时不来
          偏等天亮时来

1.冈道：即通往冈的道路。

如山野间的人　3462
异口同声夸赞
可爱的阿妹啊
真是纯真可爱

在偏远的乡野　3463
相逢该有多好
在乡里的中心
遇见了心上人

说流言蜚语太多　3464
填塞菰草的枕头
我们无法同享

解开高丽锦纽同寝　3465
此后该说什么
无法言传的激情

3466　为爱情而同寝
　　　会有流言蜚语
　　　如果不去同寝
　　　心里难以忍受

3467　深山杉木门
　　　敲得咚咚响
　　　我去打开门
　　　请进来同寝

3468　如野鸡的长尾
　　　挂起镜子让人知晓
　　　你会惹来流言蜚语

3469　黄昏占卜说是今夜
　　　为什么我的心上人
　　　今晚迟迟不来

相会已有千年吗　　3470

不会是这样吧

我是这样想的吗

一直在等待你

《柿本朝臣人麻吕歌集》出也。

想安静睡一会儿　　3471

空自在梦里相见

让我失声哭泣

别接触人家的妻子　　3472

为什么要这样说

如果是这样

邻人家的衣服

不能借来穿吗

佐野山的斧声　　3473

在远方回响

是想要同寝吧

看到了阿妹的身影

3474　连竹根都在鸣响
　　　　临行前的骚动
　　　　阿妹在叹息吗
　　　　不知朝向何方

3475　只能如此思恋
　　　　想你正消失在
　　　　游布麻山的那方
　　　　让人难以忍受

3476　那位姑娘爱着我
　　　　月亮不断升落
　　　　在思恋中煎熬吗

3477　东道的手儿呼坂
　　　　如果翻越过去
　　　　我会思恋的啊
　　　　即使以后能同寝

月夜白鹭　渡边省亭

3478　遥远的故奈白岭

　　　　无论是相会

　　　　还是没有相会

　　　　都有你的流言

3479　在赤见山¹割草时

　　　　奋力挣脱的阿妹

　　　　让人爱得发狂

3480　遵从大君的旨令

　　　　离开阿妹的怀抱

　　　　夜里起身出发

1.赤见山：位于栃木县佐野市。

◎ 卷十四·3480 以上二十六首是正述心绪的歌。

悉窣作响的绢衣　　3481
在嘈杂声中沉默
没和家中阿妹话别
让人苦苦思恋

《柿本朝臣人麻吕歌集》中出。见上已讫也。

韩衣裾不重叠　　3482
虽然无法相会
我不想起外心

白天解不开衣纽　　3483
是相会的征兆吗
夜里能轻易解开

◎ 卷十四·3481 左注提示所谓出自《柿本朝臣人麻吕歌集》的歌前面
已经见过。卷十四·3481—3566 共八十六首歌是寄物陈思的歌。

3484   箱中盛满了麻线

无论怎么纺织

明天也穿不到身上

快到床上来吧

3485   可爱的阿妹

不能总在身边

不禁失声哭泣

虽然不是孩子

3486   将可爱的阿妹

牢牢缠在弓柄上

如果有了情敌

再缠得紧一些

◎ 小学馆《新编日本古典文学全集》认为，卷十四·3486 可能是两个男子为争夺一个女子在决斗前唱的歌。"缠" maku 和 "娶" maku 是同音，意义有密切关联。按原文字面意思来翻译的话，是将可爱的阿妹牢牢缠在弓柄上，以同音异义词构成意义关联。

如梓弓的末端　3487
镶嵌珍贵的珠玉
始终没有同寝
是为将来着想

繁茂的细树枝　3488
是这座山上的木柴[1]
从未说出阿妹的名字
不会占卜出来吧

欲良山下茂密的树林　3489
让阿妹站在这里等待
我去铺设寝床

1."繁茂的细树枝"二句：这二句是序，"木柴"的原文是"真柴"mashiba，
与后一句的"从未"mashiba同音，引导出后两句。

3490 　将来再同寝吧
　　　现在耳目太多
　　　只好先放开你

　　　（《柿本朝臣人麻吕歌集》出也。）

3491 　柳枝砍断能重生
　　　凡人为思恋而死
　　　能说出为什么吗

3492 　小山田的池堤
　　　插下柳树枝
　　　无论成与不成
　　　只要你我在一起

3493 　不管迟或早
　　　都要等待你
　　　如对面的山上
　　　茂密的米槠枝
　　　无疑能相会

子持山[1] 的枫叶变红 3494
我还想和你同寝
不知你的想法如何

岩石旁的松树 3495
已经等到尽头[2]
你不来相会
心中烦躁不安

橘古婆[3] 的少女 3496
思恋的心多可爱
我要去相会

1. 子持山：绵延横跨群马县北群马、吾妻两郡及沼田市的山。因性崇
拜而闻名。
2. "岩石旁的松树"二句：这二句是序，"松树" matsu 与 "等待" matsu
为同音，以" 松树"引导出"等待到了尽头"这一层含义。
3. 橘古婆：可能是地名，有研究者认为这里的 "橘"是武藏国旧橘树
郡（今川崎、横滨两市的周边地区）。

虫草 椿椿山

河边的白根高茅　　3497
纵情同床共寝后[1]
引来了风言风语

海岸边四处丛生　　3498
根茎柔软的菅草[2]
你已经忘了我
可我怎能忘记

我去山冈割茅草　　3499
肌肤如茅草般柔软
却不说来同寝

紫草根有尽头吗　　3500
思恋人家的阿妹
无法同床共寝

1. "河边的白根高茅"二句：第一句是序，"茅" kaya 和后一句
的"纵情" aya 构成类音关联，引导出后句。
2. "海岸边四处丛生"二句：菅草丛生，暗喻男子有许多情人。

3501 安波山的山田里
　　　生长着眼子菜
　　　扯一把黏滑黏手
　　　别和我断绝音信

3502 我心爱的阿妹
　　　虽然离群索居
　　　桔梗年年开放
　　　我怎么能离开

3503 安齐可海滩退潮
　　　令人心情舒畅
　　　如苍术花开放
　　　能露出颜色吗

春天紫藤的新叶 3504
夜里无法安眠[1]
心里想起阿妹

阳光照耀的宫濑川 3505
燕子花在思恋中入眠[2]
无论昨夜和今宵

到建房养蚕时 3506
芒草开始抽穗[3]
近来看不见你

1. "春天紫藤的新叶"二句：第一句的"新叶"读作 uraba，和后一句"安眠"中的"安" urayasu 的意思形成类音关联，引导出后面的歌句。
2. 燕子花在思恋中入眠：借燕子花夜间花瓣闭合的习性，比喻人在深夜中的思恋之情。
3. 芒草开始抽穗：暗喻心中的恋情被人发觉。

3507　山谷太狭窄

　　　　葛藤伸向山峰

　　　　我没想过会断绝

3508　芝付的御宇良崎[1]

　　　　生长着猫头花

　　　　如果没有相见

　　　　我会思恋吗

3509　白山风太寒

　　　　让人难入眠

　　　　幸亏身上穿着

　　　　阿妹送的衣裳

3510　想变成天上的流云

　　　　今天去和阿妹谈情

　　　　明天就能归来

1.御宇良崎：位于神奈川县三浦郡。

如青山上的白云　3511
思恋烦恼不已
在这一年里

一岭说同寝吧　3512
青岭说和我睡吧
如飘浮不定的云朵
引来风言风语的阿妹

黄昏时的山顶　3513
云朵如布缠绕
怎么能够断绝
阿妹如此说道

如高山上的白云　3514
我也想挨近你
把你想成高山

3515　忘记我面孔的时候
　　　看故乡涌起的云
　　　飘浮在山峰上
　　　请你想起我

3516　对马山腰[1]不见云
　　　望可牟山[2]上的云
　　　让人思恋你

3517　已和阿妹分手
　　　为何心中挂念
　　　让人如此悲伤

3518　岩石上的云朵
　　　让人骚动不安
　　　去同床共寝吧

1. 对马山腰：指对马的有明山。
2. 可牟山：所在不明。从歌的内容推测，长崎县对马南面可以望到的
是脊振山地的雷山，但无定论。

娘深雪　上村松園

3519　被你的母亲斥责
　　　我垂头丧气离开
　　　阿妹如青云浮现
　　　看上一眼再归去

3520　忘记模样的时候
　　　望原野的云思念

3521　乌鸦这只笨鸟
　　　实际上你不会来
　　　它却呱呱叫
　　　说是你会来

3522　昨夜和阿妹同寝
　　　如云间鹤鸣飞去
　　　像是从前的事情

越过山坡的鹤　　3523
落在阿倍的田间
期望心上人
明天也能来

如菰草节般接近　　3524
却无法相会
如水面上的野鸭
让我长长叹息

巴鸭伏在水久君野　　3525
对你说了许多情话
还是没有同寝

沼泽里的水鸟　　3526
两处巢穴相通
我从来没有想过
对你三心二意

3527　如水面上的小鸭
　　　　鸊鹈般长叹不已
　　　　将阿妹一人留下

3528　如水鸟慌张飞起
　　　　没有和阿妹话别
　　　　难以忍受思恋

3529　在等夜原野[1]待兔
　　　　没和阿妹同寝
　　　　却受到母亲[2]的斥责

3530　伏在草丛中的雄鹿
　　　　虽然看不见阿妹
　　　　从门前走过也激动

1. 等夜原野：《和名抄》中有下总国印幡郡鸟矢乡。"等夜"和"鸟矢"
的读音同为 toya。
2. 母亲：指阿妹的母亲。

来和阿妹相会　3531
像横山下的野兽

如春天的原野　3532
不停吃草的马驹
　不断说想念我
留在家中的阿妹

想起寂寞的阿妹　3533
不怜惜受伤的马蹄

骑上枣红马出门　3534
目送我的阿妹啊

3535　不要轻视生命
　　　站在门前微笑
　　　很快能见到马儿

3536　鞭打枣红马
　　　牵动我的心
　　　究竟是什么人
　　　说要来我身边

3537　越栏吃麦子的小马[1]
　　　隐隐瞥见的阿妹
　　　竟然如此可爱

3538　木桥虽然宽阔
　　　马儿却无法通过
　　　心已飞向阿妹
　　　我还留在此处

1.越栏吃麦子的小马：暗喻初次与男子接触的女子。

雁渡之时　高畠华宵

3539   断崖上拴马驹
　　　　让人太揪心
　　　　人家的阿妹
　　　　如同我的生命

3540   与左和多里少女
　　　　在路上相逢
　　　　枣红马跑得太快
　　　　什么话也没说

3541   骑马过断崖
　　　　让人太揪心
　　　　人家的阿妹
　　　　悄悄去相会

3542   砾石上驱马奔驰
　　　　让我感到心痛
　　　　在阿妹家附近

室萱[1] 的都留　　3543
堤坝水到渠成
阿妹已经应允
可是还没有同寝

不知明日香川　　3544
河底如此混浊
和你二人同寝
令人后悔不已

如果能够知道　　3545
明日香川会堰塞[2]
多睡几夜该多好
如果知道会堰塞

1. 室萱：具体是什么不明，岩波书店《新编日本古典文学全集》认为
可能是建屋室用的草。
2. 堰塞：暗喻姑娘父母的干预。

3546 春柳萌发新芽
      在渡口等待你
      不是来汲清水
      站的地方已踏平

3547 巴鸭栖息的诸沙[1]
      河口隐秘的沼泽
      长吁短叹不已
      好久没有相会

3548 喧嚣的河滩
      漂来了木屑
      我心爱的人
      引来了流言

3549 多由比海滩满潮
      心上人将去何处
      会来到我身边吗

1.诸沙：又记作须沙，爱知县知多郡须佐，可能是今丰滨町的须佐湾。

无论如何都不行　　3550
又不是春稻谷[1]
心中难以平静
昨夜一人独眠

味镰海滩涌起浪花　　3551
没动心便解开衣纽
将心上人撇在一边

松浦海湾[2]起波浪　　3552
介意风言风语吧
和我想的一样

1. 春稻谷：暗喻性行为。此歌是抵抗了男子的强求后，心情烦乱的女
子所咏唱。
2. 松浦海湾：所在不明。但有一说认为是福岛县相马市东部的海湾，
即今松江浦。

3553 味镰的可家港[1]
涌来了潮水
想进去同寝

3554 变成阿妹的寝床
周围岩缝的水滴
想进去同寝

3555 麻久良我的许我[2]
传来响亮的摇橹声[3]
引起了风言风语
为了还没同寝的阿妹

1. 味镰的可家港：可家港所在位置不明，有研究者认为是爱知县东海市加家附近。
2. 许我：即茨城县古河市，面对着利根川。
3. 传来响亮的摇橹声："橹"一词的原文是"韩楫"，即当时从大陆传入的新式橹，声音很大，从"橹声"引导出下一句的"风言风语"。

放弃太难过　　3556
同寝会有流言
该拿你怎么办

恼人的人家阿妹　　3557
如航行的船难忘记
让人更加思恋

不见面就离去　　3558
真是令人惋惜
船过麻久良我的许我
不能和你相会吗

大船的头尾都坚固　　3559
和阿妹立下的誓言
许会[1] 的乡亲知道吗

1. 许会：女子居住地的地名，所在不明。

俸晚　和田英作

炼金的丹生红土　　　3560
　只是不能说出
　我心中的思恋

门前荒芜的田地　　　3561
　如太阳下祈雨
　我在等待你

如荒礁上的海藻　　　3562
　在独自横卧吗
　听说是在等我

比多泻的礁矶　　　　3563
　凌乱的海芥菜
　是在等待我吗
　无论昨夜和今宵

3564　如风吹小菅海湾[1]
　　　　不知怎样才能
　　　　忘记可爱的阿妹

3565　不能和阿妹同寝吗
　　　　浦野山[2]月亮已倾斜

3566　我思恋阿妹而死
　　　　是神灵的责任吧
　　　　太不体谅人心

1. 小菅海湾：可能是东京都葛饰区小菅的海岸。
2. 浦野山：位于今长野县小县郡浦野町。

防人歌

留下阿妹太凄凉　　3567
　　像梓弓的弓柄
　　能带走该多好

　　留下思恋太苦　　3568
　　能变成一张弓
　随你晨猎该多好

　　此二首，问答。

3569　防人清晨出发
　　　在门前依依惜别
　　　哭泣的阿妹啊

3570　苇叶上升起夕雾
　　　鸭鸣声声送夜寒
　　　我会想念你啊

3571　将自己的妻子
　　　安置在他乡
　　　不断回头张望
　　　在这一路上

譬喻歌

3572　是什么用意
　　　阿自久麻山
　　　交趾木刚萌芽
　　　能不起风吗[1]

3573　石松取之不易
　　　能任其枯萎吗

3574　想折乡间的橘花
　　　可是太稚嫩

---

1. "交趾木刚萌芽"二句：对这么年轻的姑娘来说，随时都有意想不到的事情发生。交趾木萌芽，暗指年轻的姑娘。

美夜自吕的沙丘　　3575
　　盛开的燕子花
　　不要惹人注目
　　悄悄关注欣赏

稻田里的水葱花　　3576
　　用来染衣裳
　　熟悉的阿妹
　　为何如此可爱

挽歌

可爱的阿妹　　3577
　　去向了何方
　　曾经向背而寝
　　如今追悔不已

以前歌词未得勘知国土山川之名也。[1]

1.左注说，以上都是国名山川地名不明的歌。

卷十五

沖溪写

雪鹭　中林竹洞

遣新罗使人等，悲别赠答，
及海路恸情陈思，并当所诵之古歌[1]

武库海湾的水鸟 3578
　有羽毛呵护
　与你离别后
　会因思恋而死

阿妹能乘大船 3579
　如果我有羽翼
　会呵护着离去

你去海边泊宿 3580
　如果起了云雾
　可知是我的叹息

1. 歌名明示了歌的种类。卷十五·3578—3588的十一首歌为悲别赠
答歌，其中有在海上航行时抒发悲伤之情的歌，也有各地咏唱的古歌。

3581　秋天归来相会
　　　　为何云雾般叹息

3582　你乘大船出海
　　　　请早日平安归来

3583　阿妹祝福平安
　　　　有你洁身祈祷
　　　　即使海浪千重
　　　　也不会有险阻

3584　分别让人悲伤
　　　　贴身穿我的衣裳
　　　　直到再相逢

阿妹让贴身穿　3585
赠我的内衣纽
怎么能解开

别为思恋我消瘦　3586
到秋风吹拂的那月
还能再相会

为再见去新罗的你　3587
不论今天或明天
洁身祈祷等待

与你远隔重洋　3588
我不会有异心

此十一首，赠答。

3589　黄昏茅蜩鸣叫

　　　　我翻越生驹山

　　　　想和阿妹相会

　　　　此一首，秦间满[1]。

3590　不见阿妹难忍受

　　　　踏生驹山的岩石

　　　　我正翻山而来

　　　　此一首，暂还私家陈思。[2]

1. 秦间满：所传不详。也有说法认为与田麻吕（卷十五·3681 的作者）
为同一人物。
2. 如左注所示，歌作者在到达出发地难波后暂时离开，回到都城的家
中时作了此歌。

和阿妹在一起　3591
感觉不到时节
和阿妹离别后
旅途中衣袖寒

夜晚在海上漂泊　3592
海风不要太猛
阿妹不在身边

在大伴御津乘船出航　3593
我将在哪座海岛野宿

此三首，临发之时作歌。

3594　不知船要等潮水
　　　后悔和阿妹离别

3595　清晨启航后
　　　武库海滩退潮
　　　传来鹤鸣声

3596　想看阿妹的家乡
　　　印南都麻¹ 白浪高
　　　能远远看见吗

3597　海面掀起白浪
　　　能看见渔家少女
　　　划船隐入海岛

1.印南都麻：兵库县加古川河口高砂市附近。“都麻”读作 tsuma，与“妻”
（阿妹）的发音同。因地名而联想到身在印南的阿妹。

好像夜正破晓　　3598

玉浦¹觅食的鹤

正在鸣叫飞翔

月光如此明亮　　3599

神岛²的矶间海湾

我们就要出航

海中的孤礁上　　3600

挺立的杜松

经历了多少岁月

怎能忍受片刻孤独　　3601

海岛上的杜松

远远离开陆地

此八首，乘船人海路上作歌。

1. 玉浦：所在不明。歌中所唱的是印南都麻与神岛之间的地名，通常
认为玉浦是冈山县玉岛市的海域。另外还有研究者认为是冈山县玉野
市的玉（地名），或者西大寺东片冈一带。

2. 神岛：冈山县笠冈市仍有神岛这个地名，位于今笠冈港南方海上的
岛。此外，还有人认为是笠冈市的高岛（位于神岛南），或是广岛县
福山市神岛町一带。

当所诵咏古歌[1]

3602　奈良天空的白云
　　　何时也看不够

　　　此一首，咏云。

3603　剪下青柳枝
　　　撒下洁净的种子
　　　不断思恋你

3604　与阿妹离别虽久
　　　一日也不忘阿妹

3605　饰磨川[2] 流向大海
　　　河水枯绝的那天
　　　才停止思恋吗

　　　此三首，恋歌。

1. 当所诵咏古歌：即在各地所唱的古歌。
2. 饰磨川：船场川的古名，流经兵库县姬路市，注入饰磨区的海域。

3606　经过割海藻的乎等女[1]

　　在夏草繁茂的野岛崎[2]

　　我们结茅庐野宿

　　柿本朝臣人麻吕歌曰："敏马乎须疑弖。"又曰："布祢知可豆伎奴。"[3]

3607　藤江海湾[4]的捕鱼人

　　能看见旅行的我吗

　　柿本朝臣人麻吕歌曰："安良多倍乃。"又曰："须受吉都流，安麻登香见良武。"[5]

1. 乎等女：地名，又表记为处女，可能来自菟原处女的传说，应是从芦屋至神户的一带。
2. 野岛崎：兵库县津名郡（淡路岛北半）北淡町野岛。另有人认为是同郡淡路町西北部。
3. 左注中，指卷三·250 柿本人麻吕的两句歌，分别可替代第一句和第二句，其意为"经过敏马割海藻"，还有"船儿已经靠近了"。
4. 藤江海湾：兵库县明石市西部。
5. 左注中，这首歌万叶假名的含义是"荒栲"，又唱道"看似钓鲈鱼的渔夫"。与卷三·252 有关。荒栲，意为粗糙的纤维织物，在这里是"藤江"的枕词。

漫长寂寞的海路　　3608

我一路思恋而来

　　从明石海峡

遥望家乡的方向

柿本朝臣人麻吕歌曰："夜麻等思麻见由。"[1]

武库海是好渔场　　3609

　　能看见波浪间

渔夫的钓鱼船

柿本朝臣人麻吕歌曰："气比乃宇美能。"又曰："可里许毛能，美太礼豆出见由，安麻能都里船。"[2]

1. 左注中，这首歌万叶假名的意思是"看到了大和的群山"。见卷三·255。
2. 左注中，这首歌万叶假名的意思是"饲饭海是好渔场"，又唱道："看似纷乱的菰草，渔夫的钓鱼船。"

3610　在安胡海湾[1]乘船

少女们的红裳裾

正随潮涨满吗

柿本朝臣人麻吕歌曰："安美能宇良。"又曰："多麻母能须苏尔。"[2]

七夕歌一首

3611　大船插满楫桨

出海去航行

月亮壮士啊

此歌，柿本人麻吕歌。

1. 安胡海湾：一说是山重县志摩郡英虞湾方向，另一说是鸟羽市方向的海域。
2. 左注中，这首歌万叶假名的意思是"在呜呼见的海滨"，又唱道："玉裳的衣裾。"与本歌稍有不同。

备后国[1] 水调郡[2] 长井浦[3] 舶泊之夜作歌三首

有人去奈良吗　　**3612**
告知船已停泊

（旋头歌也。）
此一首，大判官[4]。

海面有无数海岛　　**3613**
难忘奈良都城

归去时给阿妹看　　**3614**
去大海采拾珍珠

1. 备后国：广岛县东部。
2. 水调郡：备后国的旧郡名，广岛县御调郡及三原市的一部分。
3. 长井浦：今广岛县三原市糸崎町的糸崎港。
4. 大判官：次于副使的官，相当于三等官。当时的判官是壬生宇太麻吕，天平六年（735 年）四月，正七位上少外记勋十二等。天平十八年，外从五位下，任右京亮。天平胜宝二年（750 年）任但马守。胜宝六年，任玄蕃头。

燕　高橋松亭

风速浦¹舶泊之夜作歌二首

好像阿妹为我叹息　　3615

风速海湾迷雾重重

如果海面刮起狂风　　3616

阿妹叹息的迷雾

我能充分体悟

1. 风速浦：广岛县丰田郡安艺津町的三津湾西部。今仍有"风早" kazahaya（与"风速"同音）的地名。

安艺国¹长门岛²舶泊矶边作歌五首

3617　如瀑布飞落岩石

听阵阵蝉鸣声

让人想念都城

此一首，大石蓑麻吕³。

1. 安艺国：即今广岛县西部。
2. 长门岛：即安艺国安艺郡仓桥町的仓桥岛。
3. 大石蓑麻吕：据正仓院文书记载，天平十八年（746 年）前后，曾在东大寺写经所任职。其他所传不详。《万叶集》中只收入了这一首歌。

在清清山溪间野游　　**3618**
　也难忘奈良都城

山中岩间的激流　　**3619**
　如果奔流不绝
　　还要来观赏
　当秋天来临时

无奈苦恋不已　　**3620**
茅蜩鸣叫的岛荫
　搭间小屋野宿

长门岛的松林　　**3621**
经历了多少岁月
　如此庄严神圣

从长门浦舶出之夜，
仰观月光作歌三首

3622   月色清澈明亮
              夜晚平静的海面
              响起水手的号子
              正沿海湾驶去

3623   月亮倾向山顶
              渔夫捕鱼的灯火
              在海面上闪烁

3624   以为只有我们
              在夜海上航行
              海面又传来桨声

古挽歌

古挽歌一首并短歌

3625　傍晚在苇边鸣叫
　　　破晓漂浮在海面
　　　野鸭双双嬉戏
　　　不让尾羽降白霜
　　　白色羽翼相交合
　　　整理羽毛安眠
　　　流水不复返
　　　风吹看不见
　　　逝者无踪迹
　　　阿妹穿过的衣服
　　　侧卧铺在身下
　　　一人孤独入眠吗

反歌一首

3626　鹤朝向苇丛
　　　鸣叫着飞去
　　　让人心不安
　　　一个人独眠

　　　此歌，丹比大夫凄怆忘妻歌。

芙蓉白鷺　土佐光起

属物发思[1] 歌一首并短歌

3627　清晨到来时

　　　阿妹手持镜子

　　　御津的海岸边

　　　大船插满楫桨

　　　即将前往韩国

　　　面朝敏马驶去

　　　观测潮流而行

　　　海面白浪滔滔

　　　向着海湾划去

　　　淡路岛隐入

　　　黄昏的彩云中

　　　黑夜难辨航程

　　　心留在明石海湾

　　　横卧漂浮的船上

　　　放眼眺望海面

　　　渔家少女的小船

　　　渔火闪闪烁烁

　　　漂浮在海面

　　　拂晓涨满潮水

　　　苇丛边的白鹤

　　　鸣叫着飞去

　　　清晨风平浪静

　　　出航的船上

　　　舵手和水手们

喊起了号子

在海面颠簸航行

远远望见家岛[2]

能消除思念吗

想尽快能望到

齐心协力划船

海面掀起波浪

只能从远处眺望

在玉浦海边停靠

望海湾和礁矶

不禁失声哭泣

海神手腕的珍珠

送给阿妹作礼物

采来装入袖中

没有传递的使者

留着也无用处

又把珍珠丢弃

1. 属物发思：即瞩物发思，意同于寄物发思。
2. 家岛：位于兵库县饰磨郡家岛町附近的海域。

反歌二首

3628　玉浦海底的珍珠
　　　采来又丢弃
　　　没有人观赏

3629　秋天我来泊船
　　　请带来忘忧贝
　　　海面的白浪啊

周防国[1] 玖珂郡[2] 麻里布浦[3] 行之时作歌八首

插着楫桨的船　　　3630
如果不航行
麻里布海湾
让人看不够
停泊一夜该多好

何时能够眺望　　　3631
思恋的粟岛[4]
没有办法前往

1. 周防国：山口县东部。
2. 玖珂郡：山口县东部的郡名。《和名抄》《续日本纪》和细井本《万叶集》中用"玖珂"，其他诸多古本《万叶集》用的是"玖河"。
3. 麻里布浦：即麻里布海湾，今山口县岩国市今津川入海口一带。
4. 粟岛：所在不明，有多种推测，如麻里布海上的岛，香川县的岛，或四国的岛等。

3632 大船插下木篙

      清澈的麻里布海湾

      不能泊宿吗

3633 粟岛无法相逢[1]

      身边没有阿妹

      让人难以安眠

      我在思恋不已

3634 筑紫道[2]可太大岛[3]

      暂时无法相会

      留下思恋的阿妹

1. 粟岛无法相逢："粟岛"awashima 引导出"无法相逢"awaji。
2. 筑紫道：通往九州的道路。
3. 可太大岛：山口县大岛郡屋代岛。

如果靠近阿妹家　　3635
　就能指给她看
　　麻里布海湾
　让人看不够

家人说早日归来　　3636
　在伊波比岛[1]上
　　净身斋戒祈祷
　等待旅行的我吗

为旅行的人祈祷　　3637
　伊波比岛啊
　　经历了多少
　净身斋戒的日子

1.伊波比岛：山口县熊毛郡上关町祝岛。

过大岛鸣门[1]而经再宿之后，追作歌二首

3638　这就是闻名的鸣门
　　　在漩涡中割海藻
　　　渔家的少女们啊

　　　此一首，田边秋庭。

3639　波浪上漂泊入眠
　　　夜里是何等思念
　　　在伤心的梦中
　　　见到了阿妹

1. 大岛鸣门：屋代岛与玖珂郡大畠村之间的大畠濑户，以潮流汹涌与阿波的鸣门齐名。从歌名看，作歌者经过大岛鸣门时在那里留宿两晚，后来回忆当时的情景作成此歌。在万叶和歌中，"濑户"seto 和"鸣门"naruto 的意思相近，都是指潮水汹涌的海峡。

惜春賦　高畠华宵

熊毛浦[1] 舶泊之夜作歌四首

3640　有去都城的船该多好
　　　去转达我烦乱的思恋

此一首，羽栗[2]。

3641　拂晓想家时
　　　海湾传来桨声
　　　是渔家少女吗

3642　海边好像满潮
　　　可良的海湾[3] 里
　　　觅食的白鹤
　　　正在骚动鸣叫

3643　船过海边上京城
　　　招呼船上的人
　　　去通告旅宿的地方

1. 熊毛浦：山口县熊毛郡的海边。
2. 羽栗：所传不详。天平宝字五年（761 年），为迎接遣唐使藤原清河等，唐朝方雇用的录事羽栗翔或者是他的亲戚。宝龟六年（775 年），担任遣唐录事，官至准判官。
3. 可良的海湾：原文为"可良浦"，山口县熊毛郡平生町尾国、小郡一带的海岸。

佐婆海[1]中忽遭逆风，涨浪漂流。
经宿而后，幸得顺风，到著丰前国[2]下毛郡[3]分间浦[4]。
于是，追怛艰难，凄惘作歌八首

遵从大君的旨意　　3644

任大船漂泊

在海上旅宿吗

此一首，雪宅麻吕[5]。

阿妹在等待　　3645

盼望早日归来

停泊在遥远的海上

离家越来越远

1. 佐婆海：山口县佐波郡的海域。
2. 丰前国：位于九州的东北部，分属于大分和福冈两县。
3. 下毛郡：即今大分县。
4. 分间浦：据推测是中津市田尻至今津一带的海域。
5. 雪宅麻吕：所传不详，从卷十五·3688 的歌名可知此人当时病死在
旅途中。

3646   沿海岸驶来的船
        狂风太猛烈
        在海湾泊宿

3647   阿妹在如何思恋
        无夜不在梦里相见

3648   海岸边的渔火
        燃得更明亮吧
        照见大和的群山

如野鸭漂泊露宿　　3649
　黑发沾上了露

遥望天上的月亮　　3650
思恋心爱的阿妹
　却无法相见

穿越夜空的月亮　　3651
　能快点出来吗
越过海上的群岛
遥望阿妹的方向

　　旋头歌也。[1]

1. 左注仅指卷十五・3651 这一首为旋头歌。

至筑紫馆[1]遥望本乡，凄怆作歌四首

3652　志贺烧盐的渔夫
　　　一天也不停歇
　　　我在苦苦思恋

3653　志贺的海湾
　　　点燃渔火的渔夫
　　　家人正焦急等待
　　　彻夜在钓鱼

3654　在可之布江[2]上
　　　鹤鸣叫着飞过
　　　志贺的海湾里
　　　好像翻起了白浪

3655　从现在开始入秋
　　　山上的松荫里
　　　茅蜩在鸣叫

1. 筑紫馆：大宰府接待外国使节，国内官员的公馆。
2. 可之布江：位于福冈市香椎。

七夕仰观天汉，各陈所思作歌三首

我的那件衣裳　　3656

用胡枝子染成

或许会被溅湿

你船上的绳索

如果能够抓住

此一首，大使[1]。

牛郎和阿妹　　3657

一年也相会一夜

谁会比我更思恋

月夜里现出　　3658

伫立相拥的身影

看银河的划船人

多令人羡慕

1. 大使：即遣新罗大使阿倍继麻吕，天平七年（735 年）从五位
下。天平八年二月，又任遣新罗大使，中途殁于对马。

◎ 卷十五·3656 是以织女的口吻咏唱的。

海边望月作歌九首

3659   秋风日渐凉爽
       阿妹想我何时归来
       正斋戒等待吧

       大使之第二男[1]。

3660   神圣的荒津崎[2]
       波浪不断涌来
       是思恋阿妹吗

       此一首，土师稻足。

3661   风浪一起袭来
       捕鱼的渔家女
       裙裾被溅湿

1. 大使之第二男：大使阿倍继麻吕的次男，名字不详。有研究者认为
是藤原继人，天平宝字元年（757 年）从五位下，曾任备前介、主税
头等职。
2. 荒津崎：今福冈市西公园附近。

赏菊　胜川春章

3662　　放眼仰望天空

　　　　已经夜阑更深

　　　　更深就更深吧

　　　　一人独眠的夜晚

　　　　天亮就天亮吧

　　　　此一首，旋头歌也。

3663　　海底的海索面

　　　　应是归来的时候[1]

　　　　阿妹在等待吧

　　　　又过了一个月

3664　　志贺海湾的渔夫

　　　　好像在清晨归航

　　　　能听到划桨的声音

1.“海底的海索面”二句：“海索面”按日语字面的意思应该写作“绳藻”，和绳索有关的动词是“拧搓”，日语是“繰る”kuru，与“来”kuru的发音相同，引导出“归来”的意思。

思恋阿妹难入眠　　**3665**
拂晓的晨雾里
大雁在鸣叫

黄昏秋风寒　　**3666**
阿妹解下洗的衣裳
想赶快回去穿上

我好像旅行已久　　**3667**
身穿阿妹的内衣
能看到污垢

到筑前国志麻郡之韩亭[1]舶泊经三日。
于时夜月之光皎皎流照。奄对此华旅情凄噎，
各陈心绪聊以裁歌六首

3668　大君边远的官厅
　　　知道肩负重任
　　　可是天长日久
　　　还是思恋家乡

　　　此一首，大使。

3669　虽然身在旅途
　　　夜里燃起灯火
　　　黑暗里的阿妹
　　　正在思恋吗

　　　此一首，大判官[2]。

1. 志麻郡之韩亭：志麻郡是旧郡名，后与怡土郡合并，称系岛郡。韩町位于系岛郡北崎村，挟博多湾，在正对着志贺岛的唐泊崎的南面。
2. 大判官：即壬生宇太麻吕。

韩亭能许的海湾　　3670
在不起浪的日子里
也无日不思恋家乡

如果是夜空中的行月　　3671
去和家中的阿妹相会

天上明月相照　　3672
望渔夫的灯火
点点闪烁不已

海上刮起狂风　　3673
白浪汹涌澎湃
在能许停泊数夜

引津亭[1]舶泊之作歌七首

3674　枕草而眠的苦旅
　　　让人思恋家乡
　　　可也的山[2]下
　　　雄鹿在鸣叫

3675　遭遇罕见的巨浪
　　　都城里的阿妹
　　　已经听说了吗

　　　此二首，大判官。

3676　想让大雁当使者
　　　去奈良都城送信

1.引津亭：位于福冈县系岛郡志麻村的海域，系岛半岛韩亭的对面。
2.可也的山：引津东面的山，被称作筑紫的富士。

盛开的胡枝子　3677
装点秋天的原野
　　无心去欣赏
　　人在旅途上

思恋阿妹难入眠　3678
秋野上鸣叫的雄鹿
　　也在思恋伴侣

大船插满楫桨　3679
我等待时机出航
已过去了一个月

长夜难入眠　3680
　山里回荡着
　雄鹿的鸣叫

肥前国[1]松浦郡[2]狛岛亭[3]舶泊之夜，遥望海浪，各恸旅心作歌七首

3681　我想回去看看

　　　胡枝子和芒草

　　　在园中凋落了吗

此一首，秦田麻吕[4]。

1.肥前国：旧国名，今分属长崎县（西半部）和佐贺县（东半部）。
2.松浦郡：肥前国的郡名，如今分成了东西南北松浦郡，东西松浦郡在佐贺县，南北松浦郡在长崎县。
3.狛岛亭：所在不详。大矢本和同系统的近卫本、京都大学本中有"柏岛"的标记，若是柏岛的话，就是唐津湾西北部的佐贺县唐津市神集岛。同岛有良好的待风港。
4.秦田麻吕：所传不详，可能与卷十五·3589的作者为同一人。

向天地神灵祈祷　　**3682**

　　我在不断等待

　　请君快归来吧

　　等待如此凄苦

此一首，娘子[1]。

　　我在思恋你　　**3683**

　　像升起的月亮

　　天天不停歇

是秋夜太长吗　　**3684**

为什么难入眠

是一人独寝吧

1. 娘子：当地的游女。

3685 据说足姬¹的御船
       曾停泊在松浦海²
       阿妹在等待
       又过了一个月

3686 身在旅途上
       什么也不考虑
       家中的阿妹
       想来让人悲伤

3687 越山而去的大雁
       如果飞到都城
       见了阿妹再回来

1. 足姬：即神功皇后，征讨新罗时曾停泊在松浦海。
2. 松浦海：即今佐贺县东松浦郡的海域。

挽 歌

到壹歧岛¹,
雪连宅满忽遇鬼病²死去之时作歌一首并短歌

3688　天皇远行的使者

你渡海去韩国

家人没斋戒等待吗

还是自身有闪失

立秋时没有归来

和母亲约定的日子

已过了一个月

是今天归来

还是明天归来

家人在焦急等待

没到达遥远的国度

又远远离开大和

荒岛的岩石上

正在旅宿的你啊

1. 壹歧岛：古时作为独立的一个国，分壹歧和石田二郡。
2. 鬼病：意指无法医治必死的疾病。

反歌二首

石田野旅宿的你　　3689
家人问我在何处
不知该如何回答

世间变幻无常　　3690
你就这样离去
我将空思恋吗

此三首，挽歌。

想与天地共存　　　3691
却离开可爱的家园
日月在波涛上漂泊
大雁相继来鸣叫
母亲和妻子儿女
朝露中浸湿裙裾
夕雾里染湿衣袖
希望平安无事
出门观望等待
世上人的哀叹
你没有想过吗
秋天的胡枝子
凋散在原野上
用芒草搭茅屋
去遥远的国度
霜露的寒山下
正在旅宿吗

八桥　和田英作

反歌二首

3692 可怜的妻子儿女
　　　正在盼望等待
　　　为何被海岛遮住

3693 红叶凋散的山上
　　　你正在旅宿
　　　等待你的家人
　　　心里多哀伤

此三首，葛井连子老[1] 作挽歌。

---

1. 葛井连子老：所传不详。葛井氏原来是白猪氏，传说是百济国贵须王的后裔，葛井广成于养老三年（719 年）任遣新罗使，天平十五年（743 年），负责接待新罗使臣。此歌作者子老也在此列中，不知是否是葛井氏的传统。

令人恐惧的航程　　3694
一路颠簸而来
祈愿此后会顺利
壹歧会占卜的渔夫
烧出了这样的卦象
在如梦般的旅途上
你正在天空下离去

反歌二首

自古说韩国辛苦　　3695
现在正离别而去吗

是驶向新罗　　3696
还是返回家乡
驶向壹歧岛的路
已经分辨不清

此三首，六鲭[1]作挽歌。

1. 六鲭：可能是六人部连鲭麻吕名字的简称。六人部连，是火明王的
后裔，也有传说是百济的酒王的后裔。天平宝字二年（758年）十一
月正六位上，任伊贺守，同八年正月外从五位下。

到对马岛¹浅茅浦²舶泊之时，不得顺风，经停五日。
于是瞻望物华，各陈恸心作歌三首

3697　对马的浅茅山³下
　　　停泊着无数船只
　　　阵雨打湿红叶

3698　远乡有明月相照
　　　我远离阿妹而来

3699　不堪秋天霜露
　　　都城的群山
　　　染上颜色了吧

　　　竹敷浦⁴舶泊之时，各陈心绪作歌十八首。

1. 对马岛：古时作为独立的一个国，分上县和下县郡两部分。今属长崎县。通往朝鲜半岛的必经之路。
2. 浅茅浦：诸说不一，有说是下县郡严原町的严原港、阿须港一带，也有说是美津岛町小船越，或是同町大船越之西的浅茅港东边一带。
3. 浅茅山：不详，可能是浅茅浦附近的山。
4. 竹敷浦：长崎县下县郡美津岛町竹敷。面向内浅海，自古以来是良好的待风港。

竹敷浦船舶之时，各陈心绪作歌十八首

辉映山阴的红叶　　3700
今日正要飞散吧

此一首，大使[1]。

说要阿妹等待　　3701
到竹敷有红叶时
那个时节已来临

此一首，副使[2]。

竹敷海湾的红叶　　3702
在我归来之前
请不要飘散

此一首，大判官[3]。

1. 大使：即阿倍继麻吕。
2. 副使：即大伴宿祢三中，谱系不明。天平八年（736 年）任遣新
罗副使，天平十二年外从五位下。曾任形部少辅兼大判事、兵部少
辅、山阳道巡察使、大宰少贰和长门守等职。天平十八年从五位下，
天平十九年，任刑部大判事。殁年不详。
3. 大判官：即壬生宇太麻吕。

3703　竹敷的宇敝可多山¹
　　　　已经层层染上
　　　　红花的颜色了吧

　　　　此一首，小判官²。

3704　红叶飘散的山边
　　　　被驶来的红船吸引
　　　　我前来观看

3705　拨开竹敷的海藻
　　　　你出航的船
　　　　等到何时能归来

　　　　此二首，对马娘子名玉槻³。

1. 宇敝可多山：可能是长崎县对马的下县郡美津岛町竹敷背后的兵陵
性山。
2. 小判官：即大藏忌寸麻吕。天平九年（737年）正月，从新罗归来
入京，当时是正七位上。天平胜宝六年（754年）外从五位下，历任
造方相司、养民司。天平宝字七年（763年）任玄藩头。
3. 对马娘子名玉槻：所传不详。可能是对马当地的游女。

如铺上了珍珠　3706

　　清澈的海滨

满潮无心离去

　　盼望着归来

此一首，大使[1]。

秋山上的红叶　3707

　　我插在发间

海湾潮已涨满

　　还没有尽兴

此一首，副使[2]。

沉湎在思恋中　3708

不想让人知道

心底为爱焦虑

时间不断流逝

此一首，大使。

1. 大使：即阿倍继麻吕。
2. 副使：即大伴三中。

3709　拾贝回家作礼物
　　　　海面涌来的波浪
　　　　溅湿了衣袖

3710　退潮时再来
　　　　我现在出航
　　　　浪涛正轰鸣

3711　我的整个衣袖
　　　　已被海水溅湿
　　　　不拾到忘情贝
　　　　决不肯离去

阿妹不能为我晾干　　3712
衣袖溅湿该怎么办

红叶如今已飘散　　3713
说阿妹正等待的
　那个时节已过

秋来思恋阿妹　　3714
盼梦中常相会
可是已经破晓

3715　独眠衣纽松开
　　　　谁能来给结上
　　　　离家如此遥远

3716　天上的云朵飘来
　　　　山上九月的红叶
　　　　已经开始飞散

3717　旅途平安无事
　　　　请早日归来
　　　　阿妹结的纽带
　　　　已经开始松动

鮎　圓山応挙

回来筑紫海路入京，到播磨国家岛[1] 之时作歌五首

3718　家岛只是个名称
　　　我思恋大海而来
　　　可阿妹不在身边

3719　旅途会长吗
　　　阿妹这样询问
　　　已经过了一年

3720　想快回去看阿妹
　　　望云中的淡路岛
　　　好像已接近家乡

1.家岛：前出，见卷十五·3627注释。

划船航行到天明　　3721

御津海滨的松树

　　正在焦急等待

　　　　船泊大伴御津　　3722

何时能过龙田山

中臣朝臣宅守[1]与狭野弟上娘子赠答歌

3723　翻越山路的你
　　　令人担心不已

3724　你走的漫漫长路
　　　想叠起来用天火烧掉

3725　如果你流配远方
　　　请挥舞衣袖
　　　怀念你的身影

3726　眼下能相厮守
　　　破晓后难缠绵

　　　此四首，娘子临别作歌。

1. 中臣朝臣宅守：东人的七男，天平十年（738年）前后，欲娶藏部女嬬狭野弟上娘子时未得到敕允（推测娘子很可能是宫中莪女官），同时被流放越前国。后被赦免回京，天平宝字七年（763年），从六位上升至从五位下。但第二年又遇藤原仲麻吕谋乱，被除名。另有研究者认为，宅守被流放的真正原因并非因狭野弟上娘子，而是另有缘由。

灰尘般低微的我　3727
令你失望伤心吧
　可爱的阿妹啊

奈良的大路畅通　3728
这里的山道难行

阿妹如此可爱　3729
心怀思恋而去
才难舍难分吧

因为忌讳没说出口　3730
站在越路的山口
说出了阿妹的名字

此四首，中臣朝臣宅守上道作歌。

3731　说思恋就能相逢
　　　一时不见阿妹
　　　我会不堪忍受

3732　白天整日思恋
　　　彻夜失声哭泣

3733　没有阿妹送的衣物
　　　我用什么维持生命

3734　越过遥远的山关
　　　如今无法再相会
　　　令人无比孤寂

3735　能不思恋吗
　　　无夜不梦见阿妹

离得如此遥远　　3736
哪怕一天一夜
会停止思念你
　请别这样想

阿妹比谁都坏　　3737
不爱你该多好
　让人空思恋

在思恋中入眠　　3738
能一夜也不落下
　在梦中相见吗

早知如此苦恋　　3739
不该和你相会

如果没有天地神灵　　3740
见不到思恋的阿妹
　我会为此而死去

美人观书　上村松园

如果能留住性命　　3741
此后也无法相逢吗

不知相会的日子　3742
　我如此忧郁
　将思恋到何时

旅行说来容易　3743
思恋阿妹难过

我深深思恋阿妹　3744
不吝惜短暂的生命

此十四首，中臣朝臣宅守。

3745　活着才能相会
　　　不要为我烦恼
　　　请珍惜生命

3746　不能一起耕田
　　　如今离家远去
　　　我该如何是好

3747　望园中的松叶
　　　正在等待我吧
　　　请快点归来
　　　趁未思恋而死

3748　说他乡不宜居留
　　　请快快归来
　　　趁未思恋而死

让你远去他乡　3749
我将思恋到何时
全然不知时日

天地间没有谁　3750
比我更思恋你

别丢失我的内衣　3751
请你保存好
直到再次相会

春日感伤时　3752
留在家中思恋你
不会是现实吧

想作为重逢的礼物　3753
身为柔弱的女子
心如乱麻缝衣裳

此九首，娘子。

3754　布谷鸟飞越关卡
　　　　不需要通行证
　　　　可以不断飞向
　　　　思恋的人身边

3755　思恋可爱的阿妹
　　　　山川相隔心不安

3756　整日相见也不厌
　　　　已数月没见阿妹

3757　我身越关山来这里
　　　　可心却贴近阿妹

3758　大官人现在还是
　　　　喜欢捉弄人吗

虽然不断哭泣　　3759
我也无法摆脱
夜里多在思恋

就寝的夜晚虽多　3760
但却完全没有
安眠不思的夜

世间不变的道理　3761
好像变成这样
是先前种下的种子

翻越逢坂山而来　3762
虽然哭泣不已
也无法相会

3763　　旅行说来容易
　　　　无奈的苦旅
　　　　说来也无益

3764　　中间远隔山川
　　　　请心心相印
　　　　思恋我的阿妹

3765　　说请用心思恋
　　　　献给你的礼物
　　　　别给他人看

3766　　如果喜欢我
　　　　系在内衣上
　　　　别停止思念

　　　　此十三首，中臣朝臣宅守。

涼意　中村大三郎

3767　灵魂朝夕不离
　　　　可是我的胸口
　　　　为思恋频频作痛

3768　眼下想起你
　　　　无奈的苦恋
　　　　让人失声哭泣

3769　夜里能见到你
　　　　清晨无法相会
　　　　眼下懊悔不已

3770　你在味真野[1] 旅宿
　　　　迎接归来的时刻
　　　　不知要等到何时

1. 味真野：今福井县武生市味真野町。

宫人安寝也难眠　3771
一直等你到今天
可是没能见到你

人们说归来啦　3772
想你差一点死去

与你同行该多好　3773
　结果都一样
留下也不是好事

为了你归来的时刻　3774
　我才保留性命
　请不要忘记

此八首，娘子。

3775 虽然长年没相见
　　　我没有见异思迁

3776 今日在都城
　　　也想去相会
　　　西边的马厩
　　　站在门外吗

　　　此二首，中臣朝臣宅守。

3777 昨天今天没见你
　　　不知如何是好
　　　只有失声哭泣

3778 手持我送的衣裳
　　　请你净身斋戒
　　　直到相会的时刻

　　　此二首，娘子。

我园中的橘花　3779
已经空自飘散
　没有人观赏

为了思恋而死　3780
能这样死去吗
在思念的时候
布谷鸟来鸣叫

　旅途上思念时　3781
布谷鸟不要鸣叫
会勾起我的恋情

雨中思念的时候　3782
在我居住的乡里
布谷鸟飞来鸣叫

3783　　旅途思恋阿妹
　　　　飞往家乡的布谷鸟
　　　　从这里鸣叫而过

无心的鸟儿啊　　3784
在我思念的时候
大声鸣叫好吗

布谷鸟快停一会儿　　3785
如果你鸣叫不休
不知如何是好

此七首，中臣朝臣宅守寄花鸟陈思作歌。

卷十六

鶴　神坂雪佳

有由缘[1]并杂歌

1. 有由缘：即有由缘歌的简称。所谓由缘，即事情缘起之意。有由缘歌的范围很难严格确定，一般来说，歌的前半部会交待背景，比较接近歌物语的形式，后半部几乎没有叙事情节，而多是歌谣或民谣类的咏唱段落。

昔者有娘子，字曰樱儿也。于时，有二壮士，共誂此娘[1]，而捐生格竞，贪死相敌。于是，娘子嘘唏曰："从古来今，未闻未见，一女之身往适二门矣。方今壮士之意，有难和平。不如妾死，相害永息。"尔乃寻入林中，悬树经死。其两壮士不敢哀恸，血泣涟襟。各陈心绪作歌二首：

3786　想春来插在头上
　　　樱花已经飘散

　　其一。

3787　阿妹名叫樱儿
　　　花开时节常思恋
　　　年年都如此

　　其二。

---

1. 共誂此娘：即同时向娘子求婚。誂，求婚。

櫻花八題・弘前城　吉田博

或曰：昔有[1]三男，同娉一女也。娘子叹息曰："一女之身，易灭如露，三雄之志，难平如石。"遂乃彷徨池上，沉没水底。于时，其壮士等不胜哀颓之至，各陈所心，作歌三首：

（娘子字曰缦儿也。）

3788 可恨无耳池

阿妹来投身时

池水干涸该多好

（一）

1.昔有："昔有……"的叙述形式见于东晋干宝《搜神记》，卷十六·3786 的歌序也用了这一句型，可见奈良时代的故事和传说等已经开始使用这种叙事方式了。

◎ 卷十六·3788 以后的三首歌是关于缦儿的传说，估计是《万叶集》的编纂者将其看作是樱儿的同类传说而配列在此。

山缛儿今天走　　3789

如果告诉我

立刻返回来

（二）

山缛儿如同我今日　　3790

望着哪个街角离去[1]

（三）

---

1. 望着哪个街角离去：描述缛儿为自杀寻找场所时彷徨不定的景象。

昔有老翁，号曰竹取翁也。此翁季春之月，登丘远望。忽值煮羹之九个女子也。百娇无俦，花容无匹。于时，娘子等呼老翁嗤曰："叔父来乎，吹此烛火也。"于是翁曰："唯唯。"渐移徐行，著接座上。良久，娘子等皆共含笑，相推让之曰："阿谁呼此翁哉。"尔乃，竹取翁谢之曰："非虑之外，偶逢神仙。迷惑之心，无敢所禁。近狎之罪，希赎以歌。"即作歌一首并短歌：

赤子婴儿的时候　　3791

在母亲的怀抱中

襁褓幼儿的时候

身裹木棉长衫

垂髫童年的时候

身穿扎染的衣裳

和你们同龄的时候

用梳子梳理黑发

长发能垂到这里

时而编束卷起

时而散乱如童发

注入动人的红色

绘出紫色花纹

用住吉远里的榛果

漂染华丽的绫衣

缝上高丽锦纽

一重又一重

绩麻人家的女儿

织衣人家的女儿

精心纺织成布

在太阳下晾晒

制成漂亮的绑腿

稻置姑娘求婚

送给我作礼物

穿他乡的双色绫袜

和飞鸟的壮士们

躲避漫长的雨天

脚蹬缝制的黑靴

伫立在庭中

请不要离去

少女低声挽留

送我淡蓝色的绢带

一端缝在衣襟

当韩带系在身上

如海神宫殿的屋顶

飞舞的细腰蜂

装饰在腰间

明镜并排挂

反复照着自己

春日在原野漫步

不觉得我风流吗

鸟儿也飞来鸣叫

立秋来到山下

不觉得我潇洒吗

白云也拉长了身影

归来的路上

宫女和宫里的壮士

也忍不住窥视

猜想是谁家的公子

我如此一路归来

往日多么辉煌可爱

今天你们想不到吧

我如此一路归来

古代的圣贤们

可为后世龟鉴

弃送老人的车子

已经拿回来了

已经拿回来了

◎ 平安时代的《竹取物语》中有位竹取翁，歌序所叙述的内容是否是物语的片断不明。文中许多语句是模仿《游仙窟》写成的。《游仙窟》："华容婀娜，天上无俦，玉体逶迤，人间少匹……千娇百媚，造次无可比方，弱体轻身，谈之不能备尽。"

反歌二首

3792　死后无法相见
　　　活着的时候
　　　能不生白发吗

3793　如果你长了白发
　　　难道不会像这样
　　　被年轻人嘲笑吗

娘子等和歌九首

可爱的老翁　
忧郁的歌声
感动了九个
糊涂的姑娘

（一）

默默忍受耻辱　
不知该说什么
乱发意见之前
我先要依从

（二）

是非任凭人说　
看见宽容的神色
我也要依从

（三）

3797　无论生与死
　　　　同心结为朋友
　　　　难道不是吗
　　　　我也要依从
　　　　（四）

3798　为何不心心相印
　　　　无论赞同不赞同
　　　　都是好朋友
　　　　我也要依从
　　　　（五）

3799　这有什么益处
　　　　都是因为我
　　　　大家也没说清楚
　　　　我也要依从
　　　　（六）

倾倒的芒草 3800

不想引人注目

心中已经明白

我也要依从

（七）

住吉岸边的原野 3801

染上榛树的颜色

很难染色的我

已经被感染吗

（八）

春野芳草靡靡 3802

我也要依从

和朋友们一起

（九）

昔者有壮士与美女也（姓名未详。）。不告二亲，窃
为交接。于时，娘子之意，欲亲令知。因作歌咏，送与其
夫。歌曰：

3803　暗自爱恋太苦

　　　像山顶上的月亮

　　　显露出来如何

此歌，或云，男有答歌者。未得探求也。[1]

1. 从左注可知编纂者的看法，与卷十六·3803 相对的应该有一首男子
的答歌，但是未能找到。

昔者有壮士，新成婚礼也。未经几时，忽为驿使[1]，被遣远境。公事有限，会期无日。于是娘子感恸凄怆，沉卧疾疹。累年之后，壮士还来，覆命既了。乃诣相视，而娘子之姿容，疲羸甚异，言语哽咽。于时，壮士哀叹流泪，裁歌口号。其歌一首：

3804　竟然会成这样

　　　如深深的猪名川

　　　我要牢记心间

1.驿使：乘马负责联络传达公事的使者，主要活动于中央与诸国府间。有时也指赴地方办理公事的敕使（如卷四·566 歌名、卷八·1472左注）。

娘子卧，闻夫君之歌，从枕举头，应声和歌一首

黑发已被打湿　3805
是冒雪来的吗
竟是如此思恋

今案，此歌，其夫被使，既经累载。而当还时，雪落之冬也。因斯，娘子作此沫雪之句欤。

如果出了事情　3806
就去小泊濑山
在石城殉情
不要焦虑不安
我的心上人

此歌传云，时有女子，不知父母，窃接壮士也。壮士悚惕，其亲呵啧，稍有犹豫之意。因此娘子裁作斯歌，赠予其夫也。[1]

1.左注说，传说当时有一女子，背着父母（"不知父母"是和风式的汉语表达，意思是不让父母知道）私下与壮士交往。壮士害怕女子父母斥责，稍有犹豫之态，因此女子作此歌。

3807　泉映安积香山

我不想有一颗

山泉般浅显的心

此歌传云，葛城王[1]遣于陆奥国之时，国司祗承，缓怠异甚[2]。于时，王意不悦，怒色显面。虽设饮馔，不肯宴乐。于是，有前采女，风流娘子。左手捧觞，右手持水，击之王膝，而咏此歌。尔乃，王意解悦，乐饮终日。

3808　去住吉集会[3] 游乐

我的阿妹现身

如明镜般夺目

此歌传云，昔者鄙人[4]，姓名未详也。于时，乡里男女，众集野游。是会集之中，有鄙人夫妇。其妇容姿端正，秀于众诸。乃彼鄙人之意，弥增爱妻之情。而作斯歌，赞叹美貌也。

1. 葛城王：葛城王有两位，一人是卒于天武八年（679 年）系统不明的王，当时居官四位。另一位是橘诸兄，天平八年（736 年）改名前，称葛城王，很可能是后者。
2. "国司祗承"二句：国司的接待非常失礼。祗承，即恭敬侍奉之意。
3. 集会：指歌墟，日语称歌垣。
4. 鄙人：指身份低微的人。

如果有悔约的王法　3809

　　请还我送你的内衣

此歌传云，时有所幸娘子也（姓名未详）。宠薄之后，
还赐寄物（俗云可多美[1]）。于是娘子怨恨，聊作斯歌献上。

好米在水中酿酒　3810

　　我等待毫无结果

　　　不直接来会面

此歌传云，昔有娘子也。相别其夫，望恋经年。尔时，
夫君更取他妻，正身不来，徒赠裹物[2]。因此，娘子作
此恨歌，还酬之也。

1. 可多美：是万叶假名，读作 katami，意为纪念之物或礼物。男子将
女子送的纪念物返还。
2. 裹物：即礼物。

恋夫君歌一首并短歌

3811 是红颜君子的话语
　　　也没有使者来传言
　　　我自身患相思病
　　　别去埋怨神灵
　　　不用请占卜师
　　　也不用烧龟甲
　　　思恋的痛苦
　　　浸透了我的身体
　　　撕碎了我的心肝
　　　面临死亡之际
　　　现在你还呼唤我吗
　　　是慈爱的母亲吗
　　　黄昏去路口问卦
　　　我已是必死无疑

反歌

不论是占卜　　3812
还是去路口问卦
不知如何见到你

或本反歌曰

我的生命不足惜　　3813
为了红颜君子
宁愿苟延残喘

此歌传云，时有娘子，姓车持氏也。其夫久经年序，不
作往来。于时，娘子系恋伤心，沈卧疴瘆。疲羸日异，
忽临泉路。于是，遣使唤其夫君来。而乃嘘唏流涕，口
号斯歌，登时逝殁也。

春　北野恒富

赠歌一首

听说珍珠断了线　　3814

想用来穿我的珍珠

答歌一首

听说珍珠断了线　　3815

有人又珠联而去

此歌传云，时有娘子，夫君见弃，改适他氏也。于时，
或有壮士，不知改适，此歌赠遗，请诔于女之父母者。
于是，父母之意，壮士未闻委曲之旨，乃作彼歌报送，
以显改适之缘。

穗积亲王御歌一首

3816　锁在家中的柜子里
　　　把恋爱的家伙揪出来

此歌一首，穗积亲王宴饮之日，酒酣之时，好诵斯歌，以为恒赏也。

3817　唐臼在田间茅庐
　　　我看见心上人
　　　站在那里微笑

3818　朝雾笼罩的鹿火屋下
　　　金袄子在鸣叫
　　　能有姑娘告诉我吗
　　　说是正在思恋

此歌二首，河村王[1]宴居之时，弹琴而即先诵此歌，以为常行也。

1. 河村王：所传不详。《续日本纪》宝龟八年（777年）十一月后的记载中有川村王，但从年龄和时间上看，应该不是同一人物。

如果黄昏倏然下雨　　3819

　　会想起春日野上

　　芒草穗结的白露

夕照下的河边　　3820

　　搭建美丽的房子

　　令人倾心向往

此歌二首，小鲷王宴居之日，取琴登时，必先吟咏此歌也。其小鲷王[1]者，更名置始多久美，斯人也。

1. 小鲷王：家系不详，如左记所示，别名为置始多久美。据《藤原家传》记载，神龟年间（724—729 年）有位叫置始工（日语"工"读作takumi，与"多久美"发音同）的人，与六人部王、长田王、门部王、樱井王、石川朝臣君子等被称作风流侍从。

儿部女王嗤歌一首

3821　美丽谁都喜欢
　　　为什么尺度姑娘
　　　要找丑陋的男人

此歌，时有娘子，姓尺度氏也。此娘子不听高姓[1]美人之所諌，应许下姓[2]丑士之所諌也。于是儿部女王裁作此歌，嗤笑彼愚也。

1.高姓：身份地位高的家系。
2.下姓：身份地位低的家系。

古歌曰

橘寺[1] 的长屋[2] 里　　　3822

我领来同寝的少女

披散的头发

已经束上了吗

此歌，椎野连长年[3] 脉曰[4]："夫寺家之屋者，不有俗人寝处。亦称若冠女[5] 曰放发丱[6] 矣，然则腹句[7] 已云放发丱者，尾句不可重云着冠[8] 之辞哉。"[9]

1. 橘寺：位于明日香川的上游（今奈良县高市郡明日香村橘），据说是奉圣德太子之令建造的。

2. 长屋：即细长形的一栋房子，间出一个个小房间，曾是僧人的居处。因此左注中才有"不有俗人寝处"的说明。

3. 椎野连长年：所传不详。《续日本纪》神龟元年（734年）的一条记载中可见一位叫作四比忠男的正七位官，后来接受了椎野连的赐姓，可能是其族人。四比可能是汉人或朝鲜人的姓。

4. 脉曰：对脉诊的说明，引申之意为考察后的解释。

5. 若冠女：即童女。

6. 丱：古时少儿将头发束成两角的样子。《诗经·齐风·甫田》中有："婉兮娈兮，总角丱兮。"

7. 腹句：原文中指第四句，西本愿寺本将"腹"字划掉，改写作"腰句"。

8. 着冠：指将头发盘起来。

9. 左注称，椎野连长年考察后认为，寺院中不可能有俗人的寝所。此外，若冠女称放发丱，然而中间句已经说明是放发丱了，尾句不能再言着冠之辞。这是编纂者对歌的修正意见。接着卷十六·3823给出了一个解决方案。

决曰

3823　橘光辉映长屋[1]
　　　我领来同寝的少女
　　　披散的头发
　　　已经束上了吗

1. 橘光辉映长屋："橘寺的长屋"（原文记作"橘寺之长屋"）被改作"橘
光辉映长屋"（原文记作"橘之光有长屋"）。"寺"日语读作 tera，与
"光"teru 的发音相似。"橘寺"被改作"橘之光"，这种修改很可能意
在淡化歌中的佛教色彩。

柳树　高畠华宵

长忌寸意吉麻吕歌八首

3824　大家快把锅烧开

到枥津桧桥[1]上

给狐狸浇上

此一首，传云，一时，众集宴饮也。于时，夜漏三更，所
闻狐声。尔乃众诸诱奥麻吕曰，关此馔具杂器狐声河桥等
物，但作歌者。即应声作此歌也。[2]

1.枥津桧桥：枥津，地名，可能位于奈良县大和郡山市枥枝町附近。
在歌中出现是因为"枥津"yichihitsu 与"柜子"hitsu 谐音。桧桥，即
用桧木建的桥。
2.左注记载，据说某日宴饮，时至三更，传来狐狸的叫声。众人向长
忌寸意吉麻吕提议，用馔具（锅）、杂器（"柜子"与"枥津"谐音）、
狐声（狐狸叫声的拟声语为 kon、kon，"到枥津桧桥上"中的动词"到"
读作 kom，与狐声相近）及河桥（桧桥）等物来作歌。长忌寸意吉麻
吕应声随即作了此歌。

咏行縢蔓菁食荐屋梁歌[1]

铺上就餐的坐垫　　3825
端来煮青菜
把裹腿挂在梁上
此公在休息

咏荷叶歌

莲叶竟是这样　　3826
意吉麻吕家的
像是芋头叶

咏双六头[2]歌

不只有一二面　　3827
还有五六三四面
双六的骰子啊

---

1. 咏行縢蔓菁食荐屋梁歌：用这一连串的物名"行縢蔓菁食荐屋梁"作歌。行縢，即裹脚布。蔓菁，又写作芜菁，青菜的总称。食荐，即用蒿、莆、竹等材料编制的垫子，在用餐时使用。

2. 双六头：双六是日本古时深受人们喜爱的一种游戏，也常被用来设赌局。在长 36 厘米、宽 24 厘米的木盘上左右各画有 12 个格，左右方各持 15 个石子，按照掷出的骰子上的数字移动石子，先侵入对方阵营的为胜。古时常以赌害之由禁止，但在民间一直很盛行。头，即骰子。

咏香塔厕屎鲋奴歌[1]

3828　别靠近涂香的塔
　　　吃河湾吞屎的鲫鱼
　　　难以忍受的家伙

咏酢酱蒜鲷水葱歌[2]

3829　把大蒜捣入酱酢
　　　想沾着鲷鱼吃
　　　别让我看见
　　　水葵的汤羹

1. 咏香塔厕屎鲋奴歌：此歌所咏的是香、塔、厕、屎、鲫鱼、奴。鲋，
鲫鱼。奴，即俾倪的称呼，相当于汉语中的家伙、小子。
2. 咏酢酱蒜鲷水葱歌：此歌咏唱的是醋、酱、蒜、鲷鱼和水葵。除水
葵外都是当时贵重的食物。酢酱，《正仓院文书》记载，当时是用大豆、
酒、米、盐、糯米等来制作酱，八世纪后期还掺入了麦粒，有点像今
天日本人食用的加入麦粒的味噌酱。日本八世纪中期前后醋和酱等都
是高级的调味料，醋又分米醋和酒醋两种。水葱，即水葵，叶和茎可
食用，比一般的青菜还要廉价，因此不可与其他的美味同上饭桌。

咏玉帚镰天木香枣歌[1]

镰麻吕快割来玉帚　　3830
做漂亮的扫把
是为了打扫
杜松和枣树下

咏白鹭啄木飞歌

在演池神力士舞[2]吗　　3831
白露衔树枝[3]飞来

---

1. 咏玉帚镰天木香枣歌：此歌咏唱的是玉帚、镰、杜松和枣。玉帚，
菊科落叶小低木。天木香，即杜松。
2. 力士舞：指伎乐的一种。伎乐是在寺院供养时上演的无声假面舞剧，
由笛子、腰鼓和铜拍子伴奏。剧中有护法金刚力士，手持战戟。大致
的内容是，南方蛮人昆仑不断追求美貌的吴女，他的阴茎被系上的绳
子拉住。
3. 树枝：原文用的是"桙"字，即战戟。将树枝看作战戟，令人联想
到力士舞的场景。也有研究者认为此歌是根据当时眼前某幅屏风画即
兴唱成的。

忌部首[1] 咏数种物歌一首

（名忘失也。）

3832
割除枳壳树丛

好建造仓库

到远处去拉屎

做梳子的老太婆

境部王[2] 咏数种物歌一首

（穗积亲王之子也。）

3833
骑虎越过古屋

来捕青渊蛟龙

能有锋利的大刀

---

1. 忌部首：如歌名旁注所示，名亡佚，所传不详。也有人认为是忌部首黑麻吕。
2. 境部王：又记作坂合部王，穗积亲王之子。养老元年（717 年），无位升至从四位下，同五年任治部卿。《怀风藻》中收有一首诗。但是《皇胤绍运录》将此人记作长皇子的儿子。

作主未详歌一首

梨枣黍连着粟　　3834

在葛藤后相逢

冬葵正在开放[1]

献新田部亲王[2]歌一首

（未详。）

我知道胜间田池[3]　　3835

说是没有莲花

和君不长胡须一样

此歌，或有人闻之曰，新田部亲王出游于堵里[4]。御见胜间田之池，感绪御心之中。还自彼池，不忍怜爱。于时语妇人曰："今日游行，见胜间田池，水影涛涛，莲花灼灼，可怜断肠，不可得言。"尔乃妇人作此戏歌，专辄吟咏也。

1. "梨枣黍连着粟"三句："粟"awa引出第二句的"相逢"awu，然后再引出第三句的"冬葵"aoi。卷十六·3834是一首用词十分巧妙的歌，每句都有一个与前后句相关的词。
2. 新田部亲王：前出，见卷三·261注释。
3. 胜间田池：或说位于奈良市西京町，或说是奈良药师寺七条大池。小学馆《新编日本古典文学全集》认为是奈良市五条町唐招提寺附近曾经存在过的大池。待后考。
4. 堵里：指平城京域内。

谤佞人歌一首

3836 　奈良山的松柏

　　　叶子有两面

　　　左右谄媚的家伙

　　此歌一首，博士消奈行文[1]大夫作之。

1.博士消奈行文：养老五年（721 年）任明经第二博士。博士，即大学寮的教官。

松中白鷺　山本春挙

3837　不能下点儿雨吗

莲叶上积存的水滴

看上去像珍珠

此歌一首，传云，有右兵卫[1]（姓名未详。），多能歌作之芸[2]也。于时，府家[3]备设酒食，飨宴府官人等。于是，馔食盛之，皆用荷叶。诸人酒酣，歌舞络绎。乃诱兵卫云，关其荷叶而作歌者。登时应声作斯歌也。

1. 右兵卫：是官职名。
2. 芸：即汉语中的艺。
3. 府家：指的是右兵卫府。

无心所著歌[1] 二首

阿妹额上生双六　　3838
　牡牛鞍上的疮

阿哥穿着兜裆裤　　3839
　卵石的吉野山
　悬挂着小香鱼[2]

此歌者，舍人亲王[3]令侍座[4]曰："或有作无所由之歌[5]人者，赐以钱帛。"于时，大舍人安倍朝臣子祖父乃作斯歌献上。登时以所募物钱二千文[6]给之也。

1. 无心所著歌：指意思不明的歌。
2. 小香鱼：即鲇鱼，是日本人十分喜爱的食物。琵琶湖的香鱼较小，稚鱼被称作冰鱼，冬季时限量捞取食用。
3. 舍人亲王：即舍人皇子，前出，见卷二·117注释。
4. 侍座：指近卫侍从。
5. 无所由之歌：指意思不通或意义不明的歌。
6. 二千文：《正仓院文书》天平胜宝三年（751年）十一月的记录中可见当时的度量标准，6升米值30文，这是距离作歌时代最近的记录。若按当时的1升（相当于今天的4合）来计算，2千文可买160千克的米。其他本也有记作"万文"或"二万文"的。

池田朝臣[1]嘲大神朝臣奥守[2]歌一首

（池田朝臣，名忘失也。）

3840　各寺的女饿鬼乞求

　　　请赐给大神男饿鬼

　　　要传播他的种子

大神朝臣奥守报嘲歌一首

3841　如果造佛的朱砂不足

　　　池田朝臣的鼻子上扣

1. 池田朝臣：据考可能是池田朝臣真枚，天平宝字八年（764 年）从
五位下。曾任上野介、军监、少纳言、长门守等职。延历六年（787 年）
任镇守府将军时，败战被解官。
2. 大神朝臣奥守：天平宝字八年从五位下，其他不详。

或云[1]平群朝臣[2]嗤歌一首

孩子们别去割草　　3842
割穗积朝臣[3]的腋毛

穗积朝臣和歌一首

到底在何处　　3843
挖朱砂的山岗
在平群朝臣
鼻子上挖掘

1. 或云：卷十六·3843与卷十六·3841为同趣之作，因此将二组
歌并载。
2. 平群朝臣：推测是平群朝臣广成。
3. 穗积朝臣：不详，有研究者认为是穗积朝臣老人。

小狗　圆山应举

嗤笑黑色歌一首

看见斐太的大黑[1]　　3844

想起巨势的小黑[2]

1. 斐太的大黑：即巨势斐太朝臣，与同祖的巨势朝臣丰人比体形大，
因此被称作大黑。
2. 巨势的小黑：指的是巨势朝臣丰人，体形较小，被称作小黑。

答歌一首

3845　做马俑的陶艺师

志婢麻吕[1]是白皮肤

所以想要黑色

此歌者，传云，有大舍人土师宿祢水通，字曰志婢麻吕也。于时，大舍人巨势朝臣丰人字曰正月麻吕，与巨势斐太朝臣（名字忘之也，岛村大夫之男也。）两人，并此彼貌黑色焉。于是，土师宿祢水通作斯歌嗤笑者，而巨势朝臣丰人闻之，即作和歌酬笑也。

1.志婢麻吕：左注有记，土师宿祢水通，字志婢麻吕。《日本书纪·垂仁纪》记载，土师氏的祖先是野见宿祢，以造埴轮（土偶）禁止了殉死的恶习。

戏嘲僧歌一首

法师们剃胡须　3846

留下胡子茬

把马拴上拉

僧人会哭泣吧

法师报歌一首

檀越[1]别这样说　3847

里长来课税征役

你也会哭泣吧

1. 檀越：即施主。

梦里作歌一首

3848　　鹿和猪作践新田

　　　　把稻谷存入粮仓

　　　　让人悔恨不已

　　　　我尘封的恋情

此一首歌，忌部首黑麻吕梦里作此恋歌赠友。觉而令诵习如前。[1]

1. 左注记，忌部首黑麻吕梦里作此歌赠给友人。醒来后让那位友人背诵，结果与梦中作的歌一样。忌部首黑麻吕，前出，见卷六·1008注释。

厌世间无常歌二首

厌恶生死二海　　**3849**

向往无潮高山[1]

世间充满烦恼　　**3850**

无奈借居不已

不知将去的国度

此二首歌，河原寺之佛堂里，在倭琴面之。[2]

1. 无潮高山：指超越世界的彼岸净土。
2. 左注中说，此歌写在川原寺佛堂中一具倭琴的面上。河原寺，即川
原寺。

3851   心在无有之乡
　　　　望藐姑射山[1]也近

　　　　此一首歌。

3852   海也会死吧
　　　　山也会死吧
　　　　海死潮水干
　　　　山死树枯萎

　　　　此一首歌。

1.藐姑射山:《庄子·逍遥游》北海海中神仙所居之山。

嗤笑瘦人歌二首

我要对石麻吕说　　3853
苦夏消瘦的良方
是捉鳗鱼来吃

消瘦就消瘦吧　　3854
只要能活下去
别去捉鳗鱼
万一被河水冲走

此歌，有吉田连老，字曰石麻吕。所谓仁敬之子也。其老为人，身体甚瘦。虽多吃饮，形似饥馑。因此，大伴宿祢家持卿作斯歌，以为戏笑也。

高宫王咏数种物歌二首

3855　如皂荚四处延伸

　　　　屎葛[1]连绵不绝

　　　　在宫中侍奉

3856　婆罗门种的田

　　　　乌鸦飞来作践

　　　　弄肿了眼睛

　　　　落在幡幢上

1. 屎葛：茜草科蔓性多年草本植物，夏天开风铃状的小花，碰触会散
发如屁一般的臭气。万叶和歌中多用玉葛或葛，这里是为了增加戏谑
效果而写了屎葛。关于屎葛的歌仅此一首。

黄蜀葵　土田麦僊

恋夫君歌一首

3857   吃饭也不香

    走路也不安

    忘不了你的情

此一首歌，传云，佐为王[1]有近习婢[2]。于时，宿直不遑[3]，夫君难遇。感情驰结，系恋实深。于是当宿之夜，梦里相见，觉悟探抱，曾无触手。尔乃哽咽嘘唏，高声吟咏此歌。因王闻之哀恸，永免侍宿也。[4]

1. 佐为王：美努王之子，葛城王（橘诸兄）的弟弟。和铜七年（714年）从五位下，与山上忆良共同担任东宫（后来的圣武天皇）侍讲。天平八年（736年），与兄葛城王一起被降为臣籍。更名为橘宿祢佐为。翌年八月因患天花卒，当时任中宫大夫兼右兵卫率正四位上。
2. 近习婢：在王身边侍奉的婢女。
3. 宿直不遑：连续不断值夜班。
4. 左注意思为：在王身边侍奉的婢女，连续不断值夜班，因此总是无法与自己的夫君相会，感情郁结，思恋甚深。一次值夜时梦见了夫君，醒来寻找夫君的怀抱，却是一场空。于是悲伤抽泣，吟成此歌。王闻歌后不再命其值夜了。左注的文风模仿《游仙窟》的用语，如："少时，坐睡，则梦见十娘，惊觉揽之，忽然空手。"

近来我恋爱的功绩　　3858
　　如果记录下来
　　可申请五位冠

近来我恋爱的功绩　　3859
　　没给予任何评价
　　到京兆去起诉

　　　　此二首歌。

筑前国志贺[1]白水郎[2]歌十首

3860　大君没有派遣
　　　荒雄[3]自愿前往
　　　在海面挥动衣袖

3861　荒雄是否归来
　　　盛饭出门等待
　　　不见归来的身影

3862　不要滥伐志贺山
　　　与荒雄相关的山
　　　看见后让人思念

3863　自荒雄离去
　　　志贺的大浦田沼[4]
　　　变得如此寂静

1. 志贺：福冈县粕屋郡志贺町志贺岛。
2. 白水郎：渔夫，这里用汉语的"白水郎"作表记，读作 ama。
3. 荒雄：卷十六·3860 以下十首勇士遭难物语中的主人公，是当时的人杜撰的假名，并非真人真名。
4. 大浦田沼：福冈县粕屋郡志贺町胜马小字至今仍遗存大浦和田沼田这两个地名。

官府也没有指派　3864
荒雄自愿前往
波涛间挥动衣袖

荒雄不考虑　3865
妻小的生计
等待了八年
也不见归来

名叫鸭的船　3866
如果回来了
也良崎[1]的护卫
要尽快告知

名叫鸭的船　3867
绕也良崎归来
没来告知吗

1. 也良崎：位于福冈湾内残岛的北端。

3868　去海里的小红船

　　　　如果带上礼物

　　　　也许会有人

　　　　能打开看看吧

3869　大船牵着小船

　　　　潜入海中寻找

　　　　志贺的荒雄

　　　　能在水中相逢吗

此歌，以神龟年中[1]，大宰府差筑前国宗像郡[2]之百姓宗形部津麻吕，宛对马送粮舶[3]舵师[4]也。于时，津麻吕诣于滓屋郡志贺村白水郎荒雄之许语曰："仆有小事，若疑不许欤。"荒雄答曰："走[5]虽异都[6]，同船日久，志笃兄弟，在于殉死，岂复辞哉。"津麻吕曰："府官差仆宛对马送粮舶舵师，容齿衰老，不堪海路，故来祇候，愿垂相替矣。"于是荒雄许诺，遂从彼事。自肥前国松浦县美祢良久埼[7]发舶，直射对马渡海。登时，忽天暗冥，暴风交雨，竟无顺风，沉没海中焉。因斯，妻子等不胜悽慕，裁作此歌。或云，筑前国守山上忆良臣悲感妻子之伤，述志而作此歌。

1. 神龟年中：724 年至 729 年。
2. 宗像郡：邻接滓屋郡的东北部。
3. 送粮舶：即送粮船。《主税式》记载，当时筑前、筑后、肥前、丰前、丰后等国，每年用船将二千石粮食送往对马岛，以供给岛司及防人的用粮。
4. 舵师：即船长。
5. 走：第一人称自谦的用字，《玉篇》释"走，仆也"。《文选》东汉张衡的《东京赋》中有"走虽不敏"，走使之意。
6. 异都：即家乡不同的意思，如左注所记，津麻吕居宗像郡，而荒雄居滓屋郡。
7. 松浦县美祢良久埼：位于长崎县南松浦郡五岛列岛的福江岛西北。

粉泻的海上　　　3870
潜水的鸟儿啊
如果衔出珍珠
作我的珍珠吧

此一首歌。

角岛濑户¹的海芥菜　　　3871
虽然对别人粗暴
却对我如此温柔

此一首歌。

1. 角岛濑户：角岛位于山口县风浦郡西北。"濑户"的原文是"迫门"，
水流湍急汹涌之处。这里指角岛与本州岛之间的海峡。

3872　我门前的朴树结果
　　　　千百只鸟儿来觅食
　　　　却不见你来

3873　我门前群鸟齐鸣
　　　　起来吧起来吧
　　　　我的一夜夫君
　　　　别让人知道

　　　　此二首歌。

3874　追踪射伤的鹿
　　　　到河边柔软的草地
　　　　年轻娇嫩的身体
　　　　同寝的阿妹啊

　　　　此一首歌。

携琴与美酒

来到押垂小野

溪流不涌温泉

心也清凉如水

想在安静的路上相逢

想在安静的路上见面

彩色的菅草小斗笠

换我颈上的七珠玉串

若能在安静的路上

遇到你该多好

能在安静的路上相逢

丰前国白水郎歌一首

3876　丰国的企救池[1]中
　　　采菱角的阿妹
　　　衣袖浸湿了吗

丰后国白水郎歌一首

3877　红花染成的衣服
　　　雨中更鲜艳
　　　怎么会褪色

1. 企救池：企救是丰国的旧郡名，
即今福冈县北九州市门司区及南北
小仓区一带。水池的位置不明。

水辺山茶　尾形乾山

能登国[1] 歌三首

3878　熊来的沼泽[2]

新罗斧掉进水中

哇——嘻——

不要不要哭泣

看能不能浮出

哇——嘻——

此一首歌，传云，或有愚人，斧堕海底，而不解铁沉，无理浮水，聊作此歌，口吟为喻也。

3879　熊野的酒屋

挨了骂的家伙

哇——嘻——

应该给约走

挨了骂的家伙

哇——嘻——

此一首。

1.能登国：养老二年（718年）从越国分离出来的一国，天平十三年（741年）又被越中国合并。天平宝字元年（757年）再度分离，成为独立的一国。
2.熊来的沼泽：熊来，位于石川县鹿岛郡熊木村（今中岛町）一带。关于沼泽一词有争议，有的研究者认为是泥海。

香岛岭[1] 的机岛[2]　3880

拾来马蹄螺

用石块捣破

在激流中洗净

用盐揉搓好

盛入高杯中

放在桌子上

献给母亲大人

可爱的姑娘

献给父亲大人

可爱的姑娘

1. 香岛岭：香岛，位于石川县七尾市附近。香岛岭的位置不明。

2. 机岛：据说是今石川县七尾市和仓温泉海上的小岛。也有人认为是
七尾湾南湾的雄岛和雌岛。

越中国歌四首

3881　大野道¹ 树木繁茂

　　　虽然树木繁茂

　　　如果你通过

　　　道路就宽广

3882　说涉谷² 的二上山³

　　　秃鹫产了仔儿

　　　说给大君做团扇

　　　秃鹫产了仔儿

1. 大野道：在富山县西砺波郡福冈町附近。
2. 涉谷：对射水川下游左岸一带（位于今富山县高冈市）的称呼，在
二上山北麓，多奇石怪岩。
3. 二上山：位于今富山县高冈市内。

弥彦山¹自扮神圣　　3883
青云缭绕的日子
　　小雨静静下

在弥彦神山麓　　3884
今日鹿也伏卧吗
　　穿着裘皮衣
　　顶着一副角

1.弥彦山：位于新潟县西蒲原郡，山脚下的弥彦村里有伊夜彦神社。

乞食者[1]咏二首

3885　亲爱的诸君

　　　　一直安居乐业

　　　　且说去何处

　　　　去韩国擒神虎

　　　　捕来了八只

　　　　用皮做铺垫

　　　　一下铺了八层

　　　　平群的山中

　　　　四月和五月

　　　　是采药的时节

　　　　在这座山坡上

　　　　两棵挺立的栎树下

　　　　拉开八张梓弓

　　　　搭上八支鸣镝

　　　　我等待鹿的出现

　　　　牡鹿前来叹息

　　　　我即将死去

　　　　要把我献给大君

　　　　我的角做斗笠

　　　　我的耳朵做墨斗

　　　　我的眼睛是明镜

　　　　我的蹄子系弓弦

　　　　我的毛可做笔

　　　　我的皮做箱具

我的肉切碎生拌

我的肝也切碎生拌

我的胃用盐渍

我这老迈的身躯

开了七重花

开了八重花

请多多夸奖

请多多夸奖

此一首歌，为鹿述痛作之也。

1. 乞食者：指走家串户卖唱乞食的民间艺人。

3886 在难波的入海口

搭建茅庐隐居

大君要召唤

芦苇间的螃蟹

为何要召唤我

我已经明确知道

能让我去唱歌吗

能让我去吹笛吗

能让我去弹琴吗

无论如何先遵旨

赶到了明日香

赶到了置勿

赶到了都久怒

从东面的中御门

参上接受圣旨

如被吊起的马儿

如用绳穿鼻的牛

这座山坡的榆树

剥开五百根树枝

在烈日下曝晒

用唐臼捣碎[1]

用庭中的手臼捣

从难波的入海口

提取出粗盐

陶工们制作的瓮

今天买明天取来

我的眼睛涂上了盐

成了美味的肉干

成了美味的肉干

此一首歌，为蟹述痛作之也。

1.“这座山坡的榆树”四句：这几句讲的是如何制作末榆。末榆，当时的一种调味料。

◎ 这是一首充满谐谑情味的歌，歌中以螃蟹的口吻讲述了制作盐渍蟹的过程。与上一首歌构成一组。

怕物歌三首

3887　在天上的神乐良[1]

　　　　小野上割茅草

　　　　正在割草的时候

　　　　突然飞起了鹌鹑

3888　统领远海的国度[2]

　　　　君王[3]的屋形船

　　　　涂着红色的屋形船

　　　　从神的海峡驶过

3889　你像蓝色的幽灵

　　　　独自出现在雨夜

　　　　令人不知所措[4]

1. 神乐良：天上的空想世界。
2. 统领远海的国度：暗指冥王的国度。
3. 君王：指冥王。
4. 令人不知所措：原文是"叶非左思所念"，意思难解，诸说不一。
译者采用中西进《万叶集全译注》的解读译出。

梅枝小鸟　狩野尚信

天平二年庚午冬十一月，大宰帅大伴卿被任大纳言[1]（兼帅如旧。），
上京之时，傔从[2]人等别取海路入京。
于是悲伤羁旅，各陈所心作歌十首

3890　我从松原望去
　　　看见渔家少女
　　　正在割海藻

　　　此一首，三野连石守[3]作。

3891　荒津海潮落潮起
　　　有规定的时刻
　　　到什么时候
　　　我能不思恋

1. 被任大纳言：据《公卿补任》记载，大伴旅人被提升为大纳言的时
间是天平二年（730 年）十月一日。
2. 傔从：侍从、随从。
3. 三野连石守：所传不详，卷八·1644 的作者。

供奉
速水御舟

3892　渔夫的钓鱼船
　　　　停泊在礁矶
　　　　可不知我们的船
　　　　将停泊的礁矶

3893　昨日刚刚出航
　　　　今天便望见了
　　　　比治奇的海滩

3894　船过淡路岛的海峡
　　　　如楫桨短暂的间隔
　　　　我也止不住想家

3895　船泊武库港
　　　　正是日暮时
　　　　让人思念家乡

在家命也多舛　　3896
波涛上漂浮不定
　　　更让人不安

我不知远行的尽头　　3897
阿妹问何时归来

在大船上飘荡　　3898
寂寞无助的时候
　　　请你唱首歌

渔家少女燃起　　3899
闪烁的渔火
思念角的松原

此九首，作者不审姓名[1]。

1. 不审姓名：即姓名不明之意。

十年七月七日之夜，独仰天汉，聊述怀一首

3900 织女已乘船出发
　　　清澈如镜的月夜
　　　船儿航行在云间

　　　此一首，大伴宿祢家持作。

追和大宰之时梅花新歌六首[1]

冬去春来临　　3901
盛开的梅花啊
除了你能招谁

梅花已开满山　　3902
为何让你看不够

是春雨萌发柳枝吗　　3903
还是一直不甘心
落后于老友梅花

总不忍折梅花　　3904
虽然不情愿
盛开更让人爱惜

1.歌名说，以下六首歌是对在大宰府时所作梅花歌的追和之作，歌人
用拟人的手法唱出春天对梅花的眷恋之情。

3905　在庭园游乐时

　　　折来梅柳插头上

　　　忧虑也消失了吧

3906　御园的百株梅花

　　　在空中飞散

　　　会化成雪落下吗

此歌，十二年十二月九日，大伴宿祢书持作。[1]

1. 左注中说，时间是天平十二年（740 年）阴历十二月九日，推算阳
历的时间应该是翌年一月四日前后。梅花花期已过，由此推断，这些
歌可能是空想式的咏唱。这六首歌是对父亲大伴旅人任大宰帅期间，
众官所作三十二首梅花歌的追和之作。大伴宿祢书持，是家持的弟弟，
前出，见卷三·463 注释。

赞三香原新都¹歌一首并短歌

山城的久迩都　　3907

春来鲜花盛开

秋来红叶艳丽

如锦带的泉川²

在上游的河滩

搭板桥横渡

往来侍奉万代

如泉川水流不绝　　3908

愿在大宫所侍奉

此歌，天平十三年³二月，右马头境部宿祢老麻吕作也。

---

1. 三香原新都：天平十二年（740年）十月末，圣武天皇巡幸东国，
十五日到达三香原，宣旨将那里建为新都。久迩京的营造开始。从天
平十二年至天平十五年的三年间，皇都在三香原的久迩京。
2. 泉川：前出，见卷一·50注释。
3. 天平十三年：741年。

墨堤樱花　高桥由一

咏霍公鸟歌二首

3909　希望橘花常开

　　　布谷鸟飞来栖息

　　　无日不闻啼鸣

3910　如果在家栽种

　　　穿药玉的旃檀树

　　　山里来的布谷鸟

　　　会不断飞来吧

　　　此歌，四月二日[1]，大伴宿祢书持从奈良宅赠兄家持。

1.四月二日：阳历五月二十五日前后。

橙橘初笑，霍公鸟翻嘤。对此时候，讵不畅志。
因作三首短歌，以散郁结之绪耳。

来到山脚下　3911
林间的布谷鸟
无日不鸣叫

布谷鸟有何居心　3912
在珠穿橘花的月份
飞来叫个不停

布谷鸟飞落　3913
旃檀树的枝头
鲜花会飘散
看上去似珠玉

此歌，四月三日[1]，内舍人大伴宿祢家持从久迩京报送
弟书持。

1.四月三日：阳历五月二十六日前后。

思霍公鸟歌一首田口朝臣马长作

3914　如果布谷鸟

　　　现在飞来鸣叫

　　　能够流传万代

此歌，传云，一时交游集宴。此日此处，霍公鸟不喧。仍作件歌，以陈思慕之意。但其宴所并年月，未得详审也。

山部宿祢明人[1]咏春莺歌一首

3915　穿越过山谷

　　　在原野的高处

　　　眼下正响起

　　　黄莺的叫声

此歌，年月所处，未得详审。但随闻之时，记载于兹。

1. 山部宿祢明人：前出，见卷三·317注释。

十六年四月五日¹，独居平城故宅作歌六首

橘花的芳香　　3916

雨夜布谷鸟鸣叫

已经消散了吗

夜里的布谷鸟　　3917

声声令人心动

张网即使花落

能鸣叫别离去吗

橘花飘香的园中　　3918

人说布谷鸟鸣叫

张开网该多好

1. 十六年四月五日：天平十六年（744 年）四月五日。

3919   奈良已成故都
        昔日的布谷鸟
        没有停止鸣叫

3920   虽然人觉陈旧
        橘花正飘香
        在这座园中

3921   用燕子花染衣裳
        大丈夫采药玉
        那时节已来到

此六首歌者，天平十六年[1]四月五日，独居于平城故乡旧宅，大伴宿祢家持作。

1.天平十六年：744 年。

天平十八年正月[1]，白雪多零，积地数寸也。于时，左大臣橘卿[2]率大纳言藤原丰成朝臣[3]及诸王诸臣等，参入太上天皇御在所（中宫西院）供奉扫雪。于是降诏，大臣参议并诸王者，令侍于大殿上，诸卿大夫者，令侍于南细殿而则赐酒肆宴。敕曰，汝诸王卿等，聊赋此雪，各奏其歌。

左大臣橘宿祢应诏歌一首

到白发如雪时　　**3922**

还能侍奉大君

将不胜荣幸

1. 天平十八年正月：此前的天平十七年（745 年）五月，京城又重新被安置在平城京。天平十八年正月，取消了惯例的新年朝拜，此次肆宴的时间记载不明。歌序中提到的太上天皇是元正天皇，当时六十七岁。

2. 橘卿：即橘诸兄，前出，见卷六·1009 注释葛城王一条。

3. 藤原丰成朝臣：武智麻吕的长男，仲麻吕之兄。神龟元年（724 年）从五位下，历任兵部卿、中卫大将、参议、中纳言、大纳言，天平感宝元年（749 年），升至右大臣。天平宝字元年（757 年）橘奈良麻吕事件后，被左迁为大宰员外帅。其弟仲麻吕的谋反被讨伐后即得复官。天平神护元年（765 年），右大臣从一位在位时殁，六十二岁。

纪朝臣清人[1] 应诏歌一首

3923　覆盖天下的雪光
　　　无比尊贵高洁

纪朝臣男梶[2] 应诏歌一首

3924　辨不清山峡
　　　前天昨天今天
　　　一直在降雪

葛井连诸会[3] 应诏歌一首

3925　新年伊始之际
　　　瑞雪兆丰年

1. 纪朝臣清人：和铜七年（714 年）二月，曾与三宅藤麻吕一同受旨编撰日本国史。灵龟元年（715 年）从五位下。天平十三年（741 年）任治部大辅兼文章博士。天平十六年从四位下，天平十八年任武藏守。曾和山上忆良一同担任过东宫侍讲。天平胜宝五年（753 年）七月，散位从四位下殁。《万叶集》仅收此一歌。
2. 纪朝臣男梶：天平十五年外从五位下，天平十七年从五位下，天平十八年四月任大宰少贰，天平胜宝二年任山背守，胜宝六年任东海道巡察史，天平宝字四年（760 年）任和泉守。入集仅此歌一首。
3. 葛井连诸会：天平十七年外从五位下，天平十九年任相模守，天平宝字元年从五位下。《经国集》收有此人的对策文。入集仅此歌一首。

雪　川瀬巴水

大伴宿祢家持应诏歌一首

3926　光耀大宫内外

　　　　　飘降的白雪

　　　　　让人看不够

藤原丰成朝臣[1]、巨势奈互朝臣[2]、大伴牛养宿祢[3]、藤原仲麻吕朝臣[4]、三原王[5]、智奴王[6]、船王[7]、邑知王[8]、小田王[9]、林王[10]、穗积朝臣老[11]、小治田朝臣诸人[12]、小野朝臣纲守[13]、高桥朝臣国足[14]、太朝臣德太理[15]、高丘连河内[16]、秦忌寸朝元[17]、楢原造东人[18]、右件王卿等，应诏作歌，依次奏之。登时不记其歌漏失。但秦忌寸朝元者，左大臣橘卿谑云，靡堪赋歌，以麝赎之。因此默已也。[19]

1. 藤原丰成朝臣：前出，见卷十七·3922 注释。
2. 巨势奈互朝臣：巨势比登之子，天平元年（729 年），外从五位下，任民部卿参议。天平十三年从四位上，受勋二等，同时任左大弁兼神祇伯春宫大夫，同年升至正四位上。天平十四年从三位，天平十五年升至中纳言（当时）。天平二十年升至正三位。天平胜宝元年（749 年）四月，从二位大纳言。胜宝五年三月，大纳言从二位兼神祇伯造宫卿在位时殁。本集未收其歌作。
3. 大伴牛养宿祢：小吹负之子，和铜二年（709 年）从五位下，历任远江守、左卫士督、摄津大夫等职。天平十一年，升至参议。天平十七年从三位（当时）。天平感宝元年（749 年）四月正三位，升至中纳言。同年五月殁。本集未收其歌作。
4. 藤原仲麻吕朝臣：武智麻吕之子，丰成的弟弟。天平六年从五位下，任民部卿。天平十五年从四位上，参议（当时）。天平二十年正三位。天平胜宝元年升至大纳言，翌年升至从二位。得宠于孝谦天皇。天平宝字元年（757 年）升至紫微内相。橘奈良麻吕谋反事件后有力地削弱了橘氏和大伴氏的势力，天平宝字四年升至从一位大师（太政大臣），开始独断专行。后失宠，计划谋叛未遂，逃亡近江，后被捕被处斩首，时年五十九岁。集中收有二首歌（卷十九·4242、卷二十·4487）。

5. 三原王：前出，见卷八·1543 注释。当时从四位上，治部卿弹正尹。

6. 智奴王：长亲王之子，养老元年（717 年）从四位下。历任木工头，造宫卿。天平十九年从三位。天平胜宝四年，受赐姓文室真人。升任摄津大夫、治部卿、参议，改名为净三，升至从二位大纳言（御史大夫）。宝龟元年（770 年）殁。当时正四位下。本集收入歌一首（卷十九·4275）。

7. 船王：前出，见卷六·998 注释。当时从四位上。

8. 邑知王：长亲王第七子，或称大市、邑珍。天平十一年从四位下，刑部卿（当时）。天平胜宝三年从四位上。天平胜宝四年赐姓文宝真人，灵龟二年（716 年），升至大纳言从二位。天平胜宝五年正二位，胜宝十一年殁，七十七岁。

9. 小田王：天平六年从五位下，任大藏大辅，天平十六年任木工头（当时）。天平十八年因幡守，从五位上。天平胜宝元年正五位下，同月升至正五位上。集中未收其歌作。

10. 林王：天平十五年从五位下，任图书头（当时）。天平宝字五年从五位上。集中未收其歌作。

11. 穗积朝臣老：前出，见卷三·288 注释。当时正五位上大藏大辅。

12. 小治田朝臣诸人：天平元年外从五位下（当时），任散位头。天平十年任丰后。天平十八年从五位下，胜宝六年从五位上。集中未收其歌作。

13. 小野朝臣纲守：天平十二年外从五位下，任内藏头（当时），天平十八年任上野守，从五位下。集中未收其歌作。

14. 高桥朝臣国足：天平十年正六位上，任远江少掾。天平十五年外从五位下（当时），任越后守。集中未收其歌作。

15. 太朝臣德太理：又称德足，天平十七年外从五位下（当时），天平十八年从五位下。本集未收其歌作。

16. 高丘连河内：前出，见卷六·1038 注释。当时外从五位下。

17. 秦忌寸朝元：养老三年，受赐姓忌寸。养老五年，因医术超人赐品。天平三年外从五位下（当时），天平七年升至外从五位上。天平九年任图书头。天平十八年任主计头。据《怀风藻》记载，他是弁正之子法庆的弟弟。天平年间任入唐官，受到唐玄宗的厚遇。归国后不久便亡故。

18. 栖原造东人：天平十七年外从五位下（当时），天平十八年从五位下。天平十九年任骏河守。天平胜宝二年，获黄金献给朝廷，得赐姓勤臣。天平宝字元年正五位下。

19. 左注称，右列的诸王卿应诏作歌，依次奏上。当时未能及时将歌记录下来，因此散佚。但是，秦忌寸朝元因左大臣橘诸兄戏言说，若是作不出歌，当交出麝香受罚，便不敢出声，保持沉默。

大伴宿祢家持以闰七月被任越中国守，即以七月赴任所。
于时，姑大伴氏坂上郎女赠家持歌二首

3927 祈祷你旅途平安
　　　我在床边安置斋瓮

3928 现在这样思念你
　　　不知如何是好
　　　让人毫无办法

更赠越中国歌二首

3929 你已踏上旅途
　　　不断在梦里相见
　　　是我的单相思
　　　过于激烈吗

3930 请越中的神灵保佑
　　　不习惯旅行的你

平群氏女郎赠越中守大伴宿祢家持歌十二首

我因为你而出名　　3931
龙田山的绝途
思恋正激烈

如须磨的渔夫　　3932
常在海边烧盐
我心酸的思恋啊

就这样无奈　　3933
盼望以后重逢
延续露水般的生命

死了反倒心安　　3934
长久见不到你
让人无可奈何

3935 心底涌出的思恋
      白浪般引人注目

3936 不断送你上旅途
      我将不断思恋吗

3937 你踏上了旅途
      无法知道归期

3938 我只能这样思恋吗
      在黑夜中不解衣纽

想你就在近处　3939
　　打消了思恋
　　让我追悔不已

让心相系万代　3940
看着你牵过的手
　　令人无法忍受

黄莺啼鸣的深谷　3941
　投身焚烧而死
　　也将等待你

松花花开无数　3942
　你也不思恋
　徒然开放不已

此十二首歌者，时时寄便使来赠。非在一度所送也。

八月七日夜，
集于守大伴宿祢家持馆宴歌

3943　望秋天田间的稻穗
　　　你折来黄花龙芽

　　　此一首，守大伴宿祢家持作。

3944　黄花龙芽盛开
　　　在田野漫步
　　　绕道思恋你

3945　秋夜破晓寒
　　　想盖阿妹的衣服

3946　布谷鸟鸣叫而去
　　　山冈下吹起秋风
　　　无缘来相会

　　　此三首，掾大伴宿祢池主[1]作。

1. 大伴宿祢池主：前出，见卷八·1590 注释。

秋菊　中野期明

3947　今朝天明秋风寒

　　　　大雁飞来鸣叫

　　　　时节已临近吗

3948　在乡下过了一月

　　　　也没有解开纽结

　　　　此二首，守大伴宿祢家持作。

3949　我们¹ 远在他乡

　　　　怎能想解开纽结

　　　　此一首，掾大伴宿祢池主。

　　　1. 我们：指家持和池主。

家中系紧的纽结　　3950
　　不愿去解开
谁能知道我的心

此一首，守大伴宿祢家持作。

茅蜩鸣叫的时候　　3951
　　该去原野观赏
黄花龙芽正盛开

此一首，大目秦忌寸八千岛[1]。

1. 大目秦忌寸八千岛：大目，国司的四等官，次于掾。秦忌寸八千岛，
所传不详。

古歌一首

（大原高安真人[1]作，年月不审。但随闻时，记载兹焉。）

3952　伊久里[2]的神社

藤花今春又开

想一直能观赏

此一首，传诵僧玄胜是也。

1.大原高安真人：和铜六年（713年）从五位下，养老三年（719年）初，设按察使时，作为伊予国守统管阿波、赞歧和土佐，后任御门督，天平十一年（739年），得赐姓大原真人，天平十四年正四位下，在位时殁。
2.伊久里：有研究者认为是越中国砺波郡石栗庄（今砺波市井栗谷町一带）。还有说在大和，或说在越后。

井户　吉田博

3953 大雁作为使者
　　　吵吵嚷嚷飞来
　　　那条河岸上
　　　秋风阵阵寒

3954 快策马扬鞭前往
　　　涉谷¹清澈的礁矶
　　　看涌来的波浪

　　　此二首，守大伴宿祢家持。

3955 好像夜阑更深
　　　二上山月已倾斜

　　　此一首，史生²土师宿祢道良。

1. 涉谷：见卷十六·3882 注释。
2. 史生：是专门负责书写公文、文案的书记。

大目秦忌寸八千岛[1] 之馆宴歌一首

奈吴[2] 渔夫的钓船   **3956**

现在正敲响船板

快快出航吧

---

1. 大目秦忌寸八千岛：前出，见卷十七·3951 注释。
2. 奈吴：富山县新凑市的海。

紫阳花　尾形光琳

哀伤长逝之弟[1]歌一首

为御统遥远的边疆　　3957
遵从大君的旨令
出发为我送行
越过奈良山
泉川清澈的河边
驻马道别时
我说会平安归来
请安心祈祷等待
在那天最后分手
漫长的道路
有山川相隔
思念恨日长
正想去相会之时
为使者远来而欣喜
走上前去询问
是无稽的谎言吗
亲爱的弟弟啊
这究竟是为什么
在这样的时节
芒草抽穗的秋天
胡枝子满庭飘香

（言，斯人为性，好爱花草花树，而多植于寝院之庭。
故谓之花薰庭也。）

清晨不入庭中

黄昏也不入庭中

已过了佐保的乡里

山顶树梢上的白云

在向我报知吗

1. 长逝之弟：指大伴书持，大伴家持的弟弟。

说是平安等待　　3958

却已化入白云

听后令人悲伤

如果早知这样　　3959

越海礁矶的波浪

能看看该多好

此歌，九月二十五日[1]，越中守大伴宿祢家持遥闻弟
丧，感伤作之也。

1.九月二十五日：天平十八年（746 年）九月二十五日。

相欢歌[1] 二首

3960
庭中降雪积千重
不止是这种程度
满怀思念等待你

3961
白浪涌向礁矶
划桨不间断
如同对你的思念

此歌，以天平十八年[2]八月，掾大伴宿祢池主，附大账使[3]，赴向京师。而同年十一月，还到本任[4]。仍设诗酒之宴，弹丝饮乐。是日也，白雪忽降，积地尺余。此时也复，渔夫之船，入海浮澜。爰守大伴宿祢家持，寄情二眺[5]，聊裁所心。

1. 相欢歌：迎大伴池主自赴任之地归来的欢庆歌。
2. 天平十八年：746 年。
3. 大账使：管理国家户口税收账簿的官使。
4. 本任：指原来在任之地越中。
5. 二眺：指白雪与海浪二景。

盐原畑下　川瀬巴水

忽沉枉疾[1]，殆临泉路，仍作歌词，
以申悲绪一首并短歌

3962　遵从大君的旨令

　　　　大丈夫横下心

　　　　翻山来到荒野

　　　　还没有喘口气

　　　　也没过多少日子

　　　　毕竟是世间凡人

　　　　卧床抱病在身

　　　　痛苦与日俱增

　　　　母亲心中不安

　　　　如同摇晃的大船

　　　　等待何时归来

　　　　心里充满寂寞

　　　　家中可爱的妻子

　　　　破晓时倚在门边

　　　　卷起了衣袖

　　　　夜晚整理床铺

　　　　铺上黑发叹息

　　　　盼望早日归来

　　　　兄妹幼子们

　　　　正在四下哭闹吧

　　　　路途如此遥远

　　　　无法派遣使者

　　　　不能传达心声

徒然为思恋燃烧
应该珍惜生命
可是回天无术
堂堂大丈夫
只能卧床叹息

1. 尪疾：此词汉典籍中未见用例。岩波书店《日本古典文学大系》
认为，"尪"可能是"尫"的误字。尫，即体弱之意。尫疾，可能
是指反复难治的疾病。

3963   世间皆有定数

　　　　春花散落的时候

　　　　想到注定要死去

3964   远隔千山万水

　　　　亲爱的阿妹

　　　　无法去相见

　　　　只能这样叹息吗

　　　　此歌，天平十九年[1]春二月二十日，越中国守之馆卧病悲
　　　　伤，聊作此歌。

守大伴宿祢家持赠椽大伴宿祢池主悲歌二首

忽沉枉疾，累旬痛苦。祷恃百神，且得消损。而由身体疼羸，筋力怯软。未堪展谢，系恋弥深。方今，春朝春花，流馥于春苑，春暮春莺，啭声于春林。对此节候，琴樽可玩矣。虽有乘兴之感，不耐策杖之劳。独卧帷幄之里，聊作寸分之歌。轻奉机下，犯解玉颐[1]。其词曰：[2]

眼下的春花　　　　3965

正盛开飘香

想鼓足力气

折来插在头上

二月二十九日，大伴宿祢家持。

黄莺的鸣叫声中　　3966

春花正散落吧

何时与你一起

折来插在头上

二月二十九日，大伴宿祢家持。

1. 犯解玉颐：典出《艺文类聚·杂文部·诗》中匡衡的故事。
2. 这是一篇书简体的歌序。家持写给书持的信中讲述了自己经历了数十日病痛后，在春天到来之际，虽有心弹琴品酒，但连拄杖之力皆无，虽然心中想念，无奈无力前往相见。只能作几首歌相送，讨得解颐之笑。

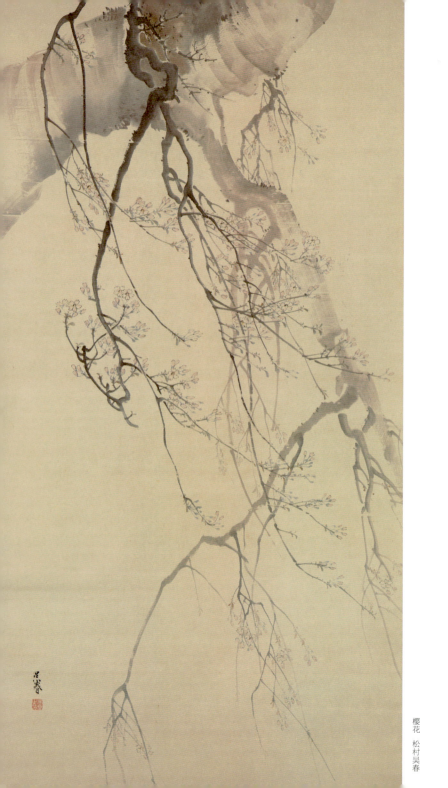

櫻花　松村呉春

忽辱芳音[1]，翰苑凌云[2]，兼垂倭诗[3]，词林舒锦。以吟以咏，能觌恋绪[4]。春可乐，暮春风景最可怜。红桃灼灼，戏蝶回花舞；翠柳依依，娇莺隐叶歌[5]。可乐哉。淡交促席，得意忘言。乐矣美矣，幽襟[6]足赏哉。岂虑乎，兰蕙隔蘩[7]，琴樽无用，空过令节，物色轻人乎。所怨有此，不能默已。俗语云，以藤续锦[8]。聊拟谈笑耳。

山谷樱花盛开　　3967
能让你看一眼
还有什么遗憾

黄莺飞来鸣叫　　3968
你还没触摸棣棠
花儿怎能散落

沽洗[9]二日，掾大伴宿祢池主。

1. 忽辱芳音：接到对方来信时自谦的谢辞。芳音，指家持的书信。
2. 翰苑凌云：翰苑，指家持的文章。凌云，即夸赞文章出色之意。
3. 兼垂倭诗：同时又赐和歌。
4. 能觌恋绪：可窥知其思恋之心。
5. "春可乐"六句：这六句得趣于多种汉典籍。春可乐，语出《艺文类聚·春》晋代夏侯湛的赋。红桃灼灼，语出《诗经·周南》。翠柳依依，语出《诗经·小雅·采薇》"昔我往矣，杨柳依依"之句。
6. 幽襟：幽雅之心。
7. 兰蕙隔蘩：指家持与池主相隔不能见面的状况。兰蕙，指散发香气的草。蘩，同"丛"。
8. 以藤续锦：以藤织的粗布缝续华丽的锦。意指以自己粗拙的歌来答复对方出色的歌。
9. 沽洗：阴历三月的另称。《礼记》有："音乐十二律之一，配于三月。"沽，同"姑"，即故。洗，即鲜，新鲜之意。三月，即万物故去新来之季。

更赠歌一首并短歌

含弘之德，垂恩蓬体，不赀之思，报慰陋心。戴荷来眷，无堪所喻也。但以稚时不涉游艺之庭，横翰之藻，自乏乎雕虫焉。幼年未经山柿之门[1]。裁歌之趣，词失乎聚林矣。爰辱以藤续锦之言，更题将石间琼之咏。固是俗愚怀癖，不能默已。仍捧数行，式酬嗤笑。其词曰：[2]

3969　遵从大君的旨令

前来治理越中

我身为大丈夫

无奈世间无常

病倒卧在床上

痛苦与日俱增

前思也悲伤

后想也难过

叹息心不安

思念心凄苦

山隔道路遥远

不能派遣使者

无法传达心声

应该珍惜生命

无奈回天无术

闭门守在家中

思念又叹息

难以抚慰心灵

想春花已经盛开

不能和同伴一起

折来插在发间

听不到黄莺鸣叫

飞向茂密的春野

少女们采集春菜

春雨打湿红裙

我虚度风华岁月

难得你思念的心意

昨夜一夜无眠

今天还在思恋

1. 山柿之门：指山部赤人和柿本人麻吕。

2. 歌序的意思是，以包容万物之弘德，垂思低微之身，以不可计量的
恩德报慰陋心。能得到如此的恩惠，心中的喜悦无以言表。年幼时没
有接受文艺之道的教养，文章自然缺乏技巧。少时未能达到山柿和歌
的境界，却得到"以藤续锦"的夸奖，实不敢当。不仅如此，我那如
石头般的拙咏却与君美玉般出色的名歌互换。这就是生来凡俗愚钝的
我，又不能保持沉默，献上数行，以供嗤笑。

3970　满山的樱花
　　　　能和你看一眼
　　　　我会如此思念吗

3971　飞入繁茂的棣棠
　　　　你听黄莺鸣叫
　　　　多么令人羡慕

3972　无力起身出门
　　　　闭户独守家中
　　　　心中绵绵思恋
　　　　让人难以平静

　　　　三月三日，大伴宿祢家持。

七言，晚春三日游览一首并序

上巳[1]名辰，暮春丽景，桃花昭睑以分红[2]，柳色含苔而竞绿。于时也，携手旷望江河[3]之畔，设酒迥过野客之家。既而也，琴樽得性[4]，兰契和光[5]。嗟乎，今日所恨，德星[6]已少欤。若不扣寂含章[7]，何以摅[8]逍遥之趣。忽课短笔，聊勒四韵云尔。

余春媚日宜怜赏，

上巳风光足览游。

柳陌临江缛祓服，

桃源通海泛仙舟。

云罍酌桂三清湛，

羽爵催人九曲流。

纵醉陶心忘彼我，

酪酊无处不淹留。

三月四日，大伴宿祢池主。

1. 上巳：阴历三月三日的异称。
2. 桃花昭睑以分红：此句得趣于《游仙窟》的"翠柳开眉色，红桃乱脸新"。
3. 江河：指水域宽阔的河流，即越中国府附近的射水川。
4. 琴樽得性：指领会琴与酒真正的乐趣。
5. 兰契和光：兰契，即君子之交。和光，源自老子言"和光同尘"，意指圣人君子虽身怀高才却含而不露，置身于俗世间。此句在文中的意思是与俗人把酒亲密交谈。
6. 德星：指贤人。
7. 扣寂含章：扣寂，出自晋代陆机《文赋》"叩寂寞而求音"。含章，出自西晋左思《蜀都赋》"扬雄含章而挺生"。皆指作文章。
8. 摅：抒发、叙述之意。

昨日述短怀[1]，今朝污耳目。更承赐书，且奉不次。死罪死罪。不遗下贱，频惠德音。英灵星气，逸调过人。智水仁山，既韫琳琅之光彩，潘江陆海[2]，自坐诗书之廊庙。骋思非常，托情有理，七步成章，数篇满纸。巧遣愁人之重患，能除恋者之积思。山柿歌泉，比此如蔑。雕龙笔海，粲然得看矣。方知仆之有幸也。敬和歌。其词云：[3]

3973　遵从大君的旨令

越过高山荒野

治理遥远的边疆

身为堂堂丈夫

为何沉湎于思念

去奈良故都的路上

不见使者来吗

闭门思恋叹息

从心底为你感叹

如往昔那样交谈

说世上变幻无常

也有宽慰的事情

乡里人传来消息

说山下的樱花飘散

布谷鸟鸣叫不绝

春野采摘紫罗兰

挽起洁白的衣袖

提起红色的裙裾

少女们心慌意乱

　正在将你等待

　心中充满爱恋

守在家中太寂寞

　这就去看看吧

心中已定下此事

1. 昨日述短怀：指三月四日书持的信。

2. 潘江陆海：指潘岳和陆机的才能如江海。南朝齐梁钟嵘《诗品》
有"陆才如海，潘才如江"句。

3. 这段是对家持文采词章的赞美之辞。

夜櫻　橫山大觀

棣棠日日盛开　3974
　心中仰慕你
让我思念不已

无法不思恋你　3975
　在苇垣外叹息
　我如此悲伤

三月五日，大伴宿祢池主。

昨暮来使[1]，幸也以垂晚春游览之诗。今朝累信，辱也以贶[2]相招望野之歌。一看玉藻，稍写郁结，二吟秀句，已蠲愁绪。非此眺玩，孰能畅心乎。但惟下仆，禀性难雕，暗神靡莹。握翰腐毫，对研望渴。终日目流，缀之不能。所谓文章天骨，习之不得也。岂堪探字勒韵，叶和[3]雅篇哉。抑闻鄙里少儿[4]，古人言无不酬。聊裁拙咏敬拟解笑焉。（如今赋言勒韵，同斯雅作之篇。岂殊将石间琼，唱声游走曲欤。抑小儿譬滥谣。敬写叶端，式拟乱曰。）

七言一首

杪春余日媚景丽，

初巳和风拂自轻。

来燕衔泥贺宇入，

归鸿引芦迥赴瀛。

闻君啸侣新流曲，

禊饮催爵泛河清。

虽欲追寻良此宴，

还知染懊脚跉酊。

1. 昨暮来使：昨日黄昏时携书持信件来访的信使。
2. 贶：赐予。
3. 叶和：即协和。
4. 鄙里少儿：世间一般常人。

不知花开应沉默　　3976
让你看这枝棣棠
我心中不安

站在苇垣外思念　　3977
在梦中看见了你

三月五日，大伴宿祢家持卧病作之。

述恋绪歌一首并短歌

3978　阿妹和我一条心
　　　相伴越发珍惜
　　　无论何时相见
　　　都像初开的花朵
　　　无忧无虑相爱
　　　我心爱的阿妹
　　　遵从大君的旨令
　　　翻山穿越荒野
　　　治理遥远的边疆
　　　从离别的日子起
　　　岁月已经更迭
　　　春花已经飘散
　　　一直未能相见
　　　让人无可奈何
　　　每夜卷袖而眠
　　　都在梦里相会
　　　无法直接见面
　　　思恋积蓄千重
　　　离近时渴望回家
　　　与阿妹枕臂而眠
　　　可是道路遥远
　　　又有关卡相隔
　　　啊啊算了吧

总会有机缘
布谷鸟鸣叫的时节
不能快快临近吗
远望水晶花盛开
在山谷间飘香
我踏上了近江路
来到我奈良的家
令人感叹不已
心中充满思恋
不断在门前占卜
等待着我的阿妹
还在睡梦中吧
想快快相见

3979 岁月更迭难相会
　　　心为思恋焦灼

3980 只有在梦里相会
　　　不能直接见面
　　　难以抑制思恋

3981 虽然远隔重山
　　　有心梦里相会

3982 春花已经落尽
　　　依然无法相会
　　　阿妹数着日子
　　　正在等待吧

　　　此歌，三月二十日夜里，忽兮起恋情作。大伴宿祢家持。

葵与蜜蜂　小原古邨

立夏四月，既经累日，而由未闻霍公鸟喧，
因作恨歌二首

3983　离山如此近
　　　布谷鸟不到月份
　　　为何不来鸣叫

3984　穿药玉的橘花太少
　　　不来我的乡里鸣叫吧

　　　霍公鸟者，立夏之日来鸣必定。又越中风土，希有橙橘
　　　也。因此，大伴宿祢家持感发于怀，聊裁此歌。（三月
　　　二十九日。）

二上山赋[1] 一首

（此山者有射水川[2]。）

射水川绕二上山　　3985

当春花满开时

当秋叶染红时

出门放眼眺望

是神的意志吗

如此庄严神圣

是山的本性吗

让人渴望观赏

神山的山脚下

涉谷崎的礁矶

清晨的海面

涌来了白浪

黄昏的海面

涨起了满潮

日益增长不绝

从远古到现今

见过此景的人

都会倾心怀恋吧

---

1. 赋：此处赋并非正式的赋，大伴家持用赋是表示以长歌述怀之意。
2. 有射水川：此是和式的表达法，应该是"在射水郡也"。

3986   涉谷崎的礁矶

        涌来层层波浪

        令人怀恋往昔

3987   二上山的鸟鸣

        在怀恋时飞来

        此歌，三月三十日，依兴作之。大伴宿祢家持。

四月十六日[1]，夜里，遥闻霍公鸟喧，述怀歌一首

3988   夜里向明月

        能隐约听见

        布谷鸟鸣叫

        是传自远乡吧

        此歌，大伴宿祢家持作之。

1.四月十六日：阳历六月二日。

大目秦忌寸八千岛之馆，
饯守大伴宿祢家持宴歌二首

奈吴的海面　　3989

层层的白浪

在不断思念吗

自从分别以后

你能成为珍珠吗　　3990

缠在手上边看边行

放置而去太可惜

此歌，守大伴宿祢家持，以正税账须入京师[1]，仍作此
歌，聊陈相别之叹。（四月二十日。）

1. "守大伴宿祢家持"二句：国守家持为向中央提出越中国的税收账
目而入京。正税账，即越中国的税收出纳账。

游览布势水海¹赋一首并短歌

（此海者，有射水郡旧江村也²。）

3991　众多官员同士

策马去消遣

白浪涌向礁矶

转过涉谷崎

经松田江长滨³

在宇奈比川⁴

清澈的河滩

放鸬鹚捕鱼

向四处观望

让人看不够

望布势湖上的船

有的靠近岸边

有的驶向水面

鸭群在湖滨嬉戏

岛子的周围

树梢鲜花开放

多么秀丽的风光

如二上山的蔓草

延伸不断绝

每年结伴游玩

像现在看到的这样

春雪　竹内栖凤

1.布势水海：即布势湖，位于二上山的北面冰见市。

2.有射水郡旧江村也：是和式的表达法，应该是"在射水郡旧江村也"。

3.松田江长滨：大致位于冰见市与涉谷之间。

4.宇奈比川：今宇波川，注入冰见市北的海中。

3992　布势湖的水面

　　　　涌起重重白浪

　　　　每年都来观赏

　　　　此歌，守大伴宿祢家持作之。（四月二十四日。）

敬和游览布势水海赋一首并一绝

3993　藤花开放又飘散

　　　　水晶花正在盛开

　　　　从高山到原野

　　　　布谷鸟四处鸣叫

　　　　令人倾心向往

　　　　亲密的伙伴们

　　　　策马前去观望

　　　　射水川的河口

　　　　清晨退潮时

　　　　水鸟静静觅食

　　　　潮水涨起的时候

　　　　鸣叫呼唤伴侣

　　　　恋慕观赏而去

　　　　涉谷崎的礁矶

　　　　波浪送来海藻

　　　　捻成单股的花蔓

为阿妹缠在手中

美丽的布势湖

渔夫的船上

插满了楫桨

衣袖在风中飘动

齐声向前划行

乎布崎[1] 花正飘落

岸边野鸭骚动

微波上巡回航行

让人观赏不够

秋来是红叶时节

春来鲜花开放

总令人心旷神怡

看这明丽的景色

有终结的日子吗

1. 乎布崎：布势湖中的一个岛岬。

3994   白浪送来海藻

　　会终生来观赏

　　这清澈的海滨

　　此歌，掾大伴宿祢池主作。（四月二十六日追和。）

四月二十六日，掾大伴宿祢池主之馆，
贱税账使守大伴宿祢家持宴歌[1]，并古歌四首

上路离别时　　3995
日久不能相逢
将会思恋吧

此一首，大伴宿祢家持作之。

你回到故乡　　3996
到了五月时
布谷鸟鸣叫
让人多寂寞

此一首，介内藏忌寸绳麻吕[2]作之。

我不在的时候　　3997
你不要苦闷
到了五月时
布谷鸟鸣叫
请去穿药玉

此一首，守大伴宿祢家持和。

1. 宴歌：即为国守家持赴京而举行的饯别宴会上作的歌。
2. 介内藏忌寸绳麻吕：介是次于国司的官。绳麻吕又记作绳万吕或绳
丸，姓忌寸，又记作伊美吉。天平十八年（746年）七月至天平胜宝
三年（751年）七月的五年间，大伴家持在越中任国守时，在同国任
介，正六位上。

罂粟花　铃木其一

石川朝臣水通[1]橘歌一首

我把园中的花橘　　3998

朵朵穿成药玉

等待太焦急

此一首，传诵[2]，主人大伴宿祢池主云尔。

守大伴宿祢家持馆宴饮歌一首

（四月二十六日[3]。）

去都城的日子临近　　3999

久久相视后离去

此后日日思恋

---

1. 石川朝臣水通：所传不详，本集仅收此歌。
2. 传诵：指古歌为后人传诵。
3. 四月二十六日：指天平十九年（747 年）的四月二十六日。

◎ 卷十七·3995 的歌名标明有古歌四首，卷十七·3998 是其中一首。
在万叶时代，人们所说的古歌并非很久远以前的歌，只要不是当时所
作，似乎都可以称为古歌，准确点说就是旧歌。

立山[1] 赋一首并短歌

（此立山者，有新川郡也[2]。）

4000 闻名边陲的越中

国内群山屹立

无数河川流淌

要数神灵镇守

新川的那座立山

夏季也降雪不断

如带的片贝川[3]

清澈的河滩上

朝夕雾霭蒙蒙

怎能让人忘记

每年持续不断

从远处仰望

是传诵万代的话题

转告没见过的人

无论只听到传言

还是只听过名字

都令人仰慕神往

1. 立山：位于富山县中新川郡，有海拔 3 千米的高峰。万叶时代叫 tachiyama，现在叫 tateyama。
2. 有新川郡也：是和式的表达，应该是 "在新川郡也"。新川郡，如今分为上中下三郡。
3. 片贝川：发源于立山北部的猫又山，流经片贝谷，在富山县鱼津市附近注入大海。

立山上的积雪　　4001

夏天也看不够

像是神灵的意志

片贝川清澈的河滩　　4002

如川流不息的河水

不断前来观赏

四月二十七日，大伴宿祢家持作之。

敬和立山赋一首并二绝

4003　望朝日映照的山影

名负神灵的意志

拨开千重白云

天空高耸的立山

不分冬天夏天

积雪白皑皑

自远古便如此

巍峨的山岩

经历了无数岁月

无论站立眺望

还是坐下观看

都奇妙无比

山高谷深流急

清澈的河滩

清晨升起雾霭

黄昏飘来云朵

云朵令人倾心

雾霭令人难忘

清晰的流水声

万代诉说不已

河水奔流不绝

立山上的积雪　4004
　　盛夏不消融
　是神灵的意志

片贝川激流不绝　4005
　观赏的人流不息

此歌，掾大伴宿祢池主和之。（四月二十八日。）

剣山　吉田博

入京渐近，悲情难拨，述怀一首并一绝

4006　数二上山的双峰
　　　神圣的铁杉
　　　枝干一同常青
　　　与我亲爱的伙伴
　　　朝朝相聚畅谈
　　　黄昏携手漫步
　　　在清澈的射水川
　　　河滩上伫立观望
　　　吹来强劲的东风
　　　港湾里白浪重重
　　　水鸟惊呼伴侣
　　　渔夫割苇的小船
　　　桨声中驶向河口
　　　美景令人倾心
　　　能不流连忘返
　　　这是天皇的国度
　　　遵从旨令去都城
　　　和你别离出发
　　　我走在旅途上
　　　翻白云笼罩的山
　　　踏着岩石远去
　　　思恋的日子长久
　　　想来令人心痛
　　　把布谷鸟的叫声

穿进药玉该多好

缠在手上朝夕看

留下你去远行

让人感到惋惜

亲爱的伙伴　4007

把布谷鸟的叫声

穿进药玉该多好

缠在手上远行

此歌，大伴宿祢家持，赠掾大伴宿祢池主。（四月三十日。）

忽见入京述怀之作。生别悲兮断肠万回，
怨绪难禁，聊奉所心一首并二绝

4008　虽然离开奈良
　　　在遥远的边疆
　　　见到亲爱的伙伴
　　　令人无比欣慰
　　　遵从大君的旨令
　　　前去处置公务
　　　打上了裹腿
　　　清晨如晨鸟离去
　　　我留下会悲伤吗
　　　踏上旅途的你
　　　将会思恋吗
　　　心中烦乱不安
　　　无法抑制叹息
　　　望山上水晶花放
　　　布谷鸟如泣如诉
　　　心如朝雾般烦乱
　　　无法用语言表达
　　　我向砺波山的神灵
　　　奉献币帛祈祷
　　　祈祷亲爱的伙伴
　　　旅途上平安无事
　　　来月还是夏季
　　　红瞿麦花盛开
　　　那时能再相见

向道路上的神灵　4009
　奉献币帛祈祷
　我思恋的伙伴
　　要尽心护佑

愿思恋的伙伴　4010
　如瞿麦花盛开
　能朝朝都相见

此歌，大伴宿祢池主报赠和歌。（五月二日。）

小猫提灯　小原古邨

思放逸鹰[1]，梦见感悦作歌一首并短歌

大君遥远的官厅　　4011

名为降雪的越国

　地处荒僻乡野

　山高水势浩大

　草野宽阔繁茂

香鱼游动的盛夏

饲养鸬鹚的人们

来到清澈的河滩

　　点燃了篝火

　　向上游驱赶

秋天的原野上

　落满了群鸟

　约来官人们

　架来许多鹰

我的矢形尾鹰

　名字叫大黑

戴着银色的铃铛

　清晨狩猎时

惊起五百只鸟

　黄昏狩猎时

　惊起千只鸟

追逐难逃匿

从手上飞起

又自由自在飞回

除这只鹰以外

没有鹰能匹敌

心中充满自豪

让人笑逐颜开

有个讨厌的疯老头

没向我打声招呼

在阴天降雨的日子

只说去架鹰狩猎

说看着飞过三岛野[2]

越过了二上山

消失在云中

疯老头归来后

无法把鹰招回

难以表达懊悔

心中燃起怒火

为思念长吁短叹

想也许还能见到

在山岭四下张网

派人看守观望

向神社奉献明镜

还有倭纹织锦

我祈祷等待时

少女来梦中告知

你思念的雄鹰

在松田江岸栖息

捕捉小鲦鱼为食

越过冰见的河口

在多祜岛[3]上盘旋

直到前天和昨天

在野鸭聚集的古江[4]

早说是两天

最迟不过七天

就会飞回来

你不必惴惴不安

在梦里如此告知

1. 放逸鹰：即飞逃的鹰。

2. 三岛野：今富山县高冈市原越中国府所在地的伏木南部一带。

3. 多祜岛：可能是布势湖东南方向的岛。

4. 古江：可能在富山县冰见市神代附近，即二上山北麓，布势湖南岸。

4012   手架矢形尾的鹰

已经多日未去

三岛野狩猎

不觉过了一个月

4013   在二上山张网

我等待的鹰

梦里得到告知

4014   愚笨的山田老翁

那天没去寻找吗

心情无法轻松　　4015

须加山闷闷不乐

会一直思念吗

此歌，射水郡古江村取获苍鹰。形容美丽，骜雄秀群也。
于时，养吏山田史君麻吕调试失节，野猎乖候。搏风之翅，
高翔匿云，腐鼠之饵，呼留靡验。于是，张设罗网，窥
乎非常，奉币神祇，恃乎不虞也。粤以梦里有娘子。喻曰：
"使君，勿作苦念，空费精神，放逸彼鹰，获得未几矣哉。"
须臾觉寤，有悦于怀。因作却恨之歌，式旌感信。守大
伴宿祢家持。（九月二十六日作也。）[1]

1. 左注记，此鹰捕获于射水郡古江村，外形美，又擅长捕山鸡。养
吏（专门负责饲养训练鹰的鹰匠）山田史君麻吕错过了训练的时节，
违背野外训练的规则。鹰振翅高飞入云，用腐鼠之饵也无法将其唤
回。于是便张布罗网，小心巡察，又向神祇敬献币帛供物，都无效
验。这时，梦中见一女子说，使君不要空费精神，岂有飞去的鹰能再
得的。须臾觉悟，心中畅悦，因此作歌除却怨恨，以表梦之信验。卷
十七·4011—4015 是一组关于苍鹰的歌。

高市连黑人歌一首

4016　妇负野[1] 的芒草

　　　倒在积雪中

　　　今日来借宿

　　　心中感到悲伤

　　　此歌，传诵此歌，三国真人五百国是也。

4017　好像吹起了的东风[2]

　　　奈吴渔夫的小船

　　　正时隐时现航行

1. 妇负野：富山县妇负郡，在砺波郡以东。
2. 东风：此处原文以小字注"东风，越俗语称鲇鱼之风"。

浦安雪夜　川瀬巴水

4018　港湾好像吹起寒风

　　　　奈吴河口的鹤群

　　　　四下呼唤伴侣

4019　在这遥远的乡村

　　　　就这样耽于思恋吗

　　　　没有平静的日子

4020　越海的信浓海滨

　　　　行走了一整天

　　　　漫长的春日里

　　　　能忘记思恋吗

此四首，天平二十年¹春正月二十九日，大伴宿祢家持。

1.天平二十年：748年。

砺波郡雄神河[1]边作歌一首

雄神川辉映红光　　4021
采念珠藻的少女
好像正站在河滩

妇负郡鸬坂河[2]边作歌一首

鸬坂川河滩多　　4022
我的马踏入河水
溅湿了衣裳

见潜鸬人[3]作歌一首

妇负川[4]湍急的河滩　　4023
岸边燃起了篝火
众多的渔夫们
在河里放鸬鹚

1. 雄神河：今富山县的庄川，发源于飞驒国的白川地区北流，流经雄神村，因此得名。
2. 妇负郡鸬坂河：妇负郡中有妇中町，旧名为鹈坂村。鸬坂河，可能是流经那里的神通河的古名。
3. 潜鸬人：用鸬鹚捕鱼的人。
4. 妇负川：流经妇负原野的河，神通川的一部分。

新川郡[1] 渡延槻河[2]时，作歌一首

4024　立山上的雪

　　　好像正在消融

　　　渡延槻河的河滩

　　　溅湿了马蹬

赴参气太神宫[3]，行海边之时，作歌一首

4025　径直从志雄道[4]

　　　翻越高山而来

　　　羽咋海清晨浪静

　　　如果能有船和桨

1. 新川郡：越中国东部，今分成上中下新川三郡。
2. 延槻河：今称早月川，发源于立山北的大日岳，北流注入富山湾。
3. 气太神宫：位于石川县羽咋市一宫。
4. 志雄道：从羽咋市东南志雄越臼峰，通往富山县冰见市的道路。

能登郡从香岛津发船[1]，射熊来村[2]往时，作歌二首

将枝梢扎成排　　4026

说是伐木造船

今天望能登岛

树木依然繁茂

经历了漫长岁月

才变得如此神圣

从香岛驶向熊来　　4027

如楫桨不断划动

对都城思念不已

1. 能登郡从香岛津发船：是和式的表达法，应该为"从能登郡香岛津
发船"。香岛津，在石川县七尾市附近。
2. 射雄来村：即朝向雄来村。雄来村，今中岛町，位于七尾市西北。

凤至郡[1]渡饶石河[2]之时，作歌一首

4028 好久没见到阿妹
     饶石川清澈的河滩
     用河水来占卜

从珠洲郡[3]发船还治布之时，
泊长滨湾仰见月光作歌一首

4029 珠洲海清晨出航
     来到长滨的海湾
     已是月亮高照

此件歌词者，依春出举，巡行诸郡，当时当所属目作之。
大伴宿祢家持。

1. 凤至郡：位于羽咋郡北，珠洲市、轮岛市南。
2. 饶石河：今称仁岸川，流经能登半岛西岸的河流。
3. 珠洲郡：位于能登半岛最尖端处的小郡。

怨莺晚弄歌一首

黄莺该叫了吧　　4030

耐心等待时

云霄划过月亮

造酒歌一首

念中臣的太祝词[1]　　4031

祓厄[2] 保全性命

这是为了谁

只是为了你

此歌，大伴宿祢家持作之。

1. 中臣的太祝词：中臣，介于神与人之间的中间者。古代日本的中臣氏承担着传达神之意志的神职。流传至今的祝词大部分是由中臣氏保存下来的，其中太祝词是宣命式的，传达的是神的咒言。造酒时念诵祝词，是希望将神圣的白酒和黑酒奉献给诸国的土地神。
2. 祓厄：指向神奉献供物以补偿自己所犯的罪过。

卷十八

天平二十年春三月二十三日，
左大臣橘家之使者造酒司令史田边福麻吕[1]，
飨于守大伴宿祢家持馆。
爰作新歌，并便诵古咏，各述心绪

4032　在奈吴海借条船

　　　不去波涛间吗

　　　想看看再归来

4033　奈吴的海岸边

　　　浪不断卷起贝壳

　　　思恋中度过岁月

1.田边福麻吕：天平二十年（748年）任造酒司令史时，作为橘诸兄的使者曾赴越中，与家持一起宴饮、游览、作歌，除此之外不见其他详传。卷六和卷九中有采自《田边福麻吕歌集》的歌三十一首，应该是其本人的作品。令史是造酒司的三等官，田边福麻吕很可能是得到橘诸兄的知遇才获此官职。

奈吴海退潮后　4034

　　立刻去觅食

　眼下鹤在鸣叫

布谷鸟的叫声　4035

　　何时都相宜

　用蝴蝶花作花冠时

请鸣叫着从这里飞过

此四首，田边史[1]福麻吕。

1. 史：即令史的简称，以下皆同。

于时，期之明日将游览布势水海，
仍抒怀，各作歌

4036　布势的湖滨
　　　到底是什么样
　　　你这样挽留
　　　让我去观赏

　　　此一首，田边史福麻吕。

4037　在乎布崎划船游荡
　　　终日也观赏不够
　　　虽然不是海湾

　　　此一首，守大伴宿祢家持。

何时能天明　4038
去布势湖畔
漫步拾珍珠

只听说没见到　4039
不看布势湖滨
不愿上京城
即使过了一年

去观赏布势湖滨　4040
向大官人们转告

4041　我要去梅花散落的花园
　　　等待你的侍者已经多时

4042　去看藤花如浪花开
　　　布谷鸟鸣叫的时节
　　　已经越来越临近

　　　此五首，田边史福麻吕。

4043　明天的布势湖畔
　　　不来藤花间鸣叫
　　　会空自飘散吗

　　　此一首，守大伴宿祢家持和之。
　　　前件十首歌者，二十四日宴作之。

二十五日，往布势水海，道中马上口号[1] 二首

我们骑马经过海滨　4044

能来海边迎接吗

渔夫的钓鱼船

海边涨满潮水　4045

我的思恋在增长

那是你的船吗

1. 口号：即高声诵歌。

至水海游览之时，各述怀作歌

4046　在神圣的垂姬崎[1]
　　　划船四处游荡
　　　怎么也观赏不够
　　　我该如何是好

　　　此一首，田边史福麻吕。

4047　垂姬湖上荡桨
　　　今日尽情游乐
　　　佳话不断流传

　　　此一首，游行女妇土师。

4048　垂姬湖上泛舟
　　　为何荡桨的间隙
　　　也不忘奈良的家

　　　此一首，大伴家持。

1. 垂姬崎：可能曾位于富山县冰见市布势湖乎布崎附近，也有人推测
是同市园一带的丘陵西麓耳浦附近，确切所在不明。

我不曾在意　　4049

乎布湖畔的礁石

却让人观赏不够

此一首，田边史福麻吕。

等你这位贵客到来　　4050

说让布谷鸟鸣叫

为何还不来鸣叫

此一首，橡久米朝臣广绳[1]。

多祜崎的树荫里　　4051

布谷鸟若来鸣叫

能不异常思恋吗

此一首，大伴宿祢家持。
前件十五首歌者[2]，二十五日作之。

---

1. 久米朝臣广绳：天平二十年（748 年）大伴池主转任越前掾后，久
米广绳接任越中掾，在公私两方面与家持过从甚密。根据《正仓院文书》
记载，天平十七年广绳为左马少允从七位上。
2. 前件十五首歌者：左注说前件为十五首，其实只有八首。

绯连雀樱竹　清原雪信

橡久米朝臣广绳之馆，飨田边史福麻吕宴歌四首

布谷鸟现在不叫　　4052
　明天翻山时
　鸣叫有何用

此一首，田边史福麻吕。

眼下绿树成荫　　4053
　布谷鸟为何不来鸣叫
　在与你相逢的时刻

此一首，橡久米朝臣广绳。

4054　布谷鸟鸣叫着飞过

　　　　把灯火当作月亮

　　　　愿能看到你的身影

4055　可敞流的山路[1]

　　　　路过的日子里

　　　　请在五幡坂[2]挥袖

　　　　若是想起了我

　　　此二首，大伴宿祢家持。
　　　前件歌者，二十六日作之。

1. 可敞流的山路：福井县南条郡今庄町归一带，靠近近江和美浓的
边界。
2. 五幡坂：位于敦贺湾的东岸，今敦贺市五幡。

太上皇在于难波宫之时歌七首

（清足姬天皇[1]也。）

左大臣橘宿祢歌一首

应在堀江铺珍珠　　　4056

大君乘船出航

愿能尽早知晓

御制歌一首（和[2]）

你说后悔没铺珍珠　　　4057

在堀江铺满珍珠

不断往来通行

此二首歌者，御船溯江游宴之日，左大臣奏并御制。

1.清足姬天皇：即元正天皇，当时是太上天皇。此歌作成一个月后
崩御。
2.和：指元正上皇和歌。

御制歌一首

4058　压弯枝头的橘[1]

　　　我永不忘这棵橘

河内王女[1] 歌一首

4059　庭园橘树辉映

　　　建造起宫殿

　　　大君[2] 大摆酒宴

1. 橘：指橘诸兄和橘氏家族。
2. 河内王女：高市皇子之女，天平十一年（739 年）正月从四位上。天平宝字二年（758 年）八月从三位。后因惠美押胜之乱的牵连冠位被免，又于宝龟四年（773 年）复位。宝龟十年薨。作歌仅此一首。
3. 大君：指元正上皇。有人认为是橘诸兄，但除天皇、皇子外，没有用于臣的例子。

柿树　铃木春信

粟田女王[1]歌一首

4060　等月亮出来回家
　　　看我插在发间的橘
　　　泛着橙红的光芒

　　　此件歌者，在于左大臣橘卿之宅，肆宴御歌并奏歌也。

4061　堀江的航道上划桨
　　　驾驶御舟的水手们
　　　要小心留意浅滩

4062　夏天的夜里
　　　看不清河边的路
　　　驾船过处处河滩
　　　撑篙逆流而上

　　　此件歌者，御船以纲手溯江[2]游宴之日作也。传诵之人田
　　　边史福麻吕是也。

1. 粟田女王：天平十一年（739年）正月从四位上，天平二十年正四
位上。宝字五年（761年）正三位，同年五月薨。出身系统不明。
2. 御船以纲手溯江：用纤绳拉着船溯江而上。

后追和橘歌二首

常世之国的树木　4063
这棵发光的橘树
如大君眼前所见

大君永远常在　4064
橘府上的橘树
一旁相伴生辉

此二首，大伴宿祢家持作之。

射水郡驿馆之屋柱题著歌一首

4065　清晨船出河口

传来真切的桨声

让我思念家乡

此一首，山上臣作。不审名。或云，忆良大夫之男。但其
正名未详也。[1]

---

1. 左注记，此歌为山上臣之作，但不知其名。有说法是山上忆良之子
的歌，但实名不详。

四月一日，益橡久米朝臣广绳之馆宴歌四首

水晶花开的月份　　4066
布谷鸟快来鸣叫
趁花儿含苞欲放

此一首，守大伴宿祢家持作之。

二上山的布谷鸟　　4067
现在能鸣叫吗
叫给心上人听

此一首，游行女妇土师作之。

4068 　今夜畅饮到天明

　　　　明天清晨时分

　　　　布谷鸟会来鸣叫

　　　　此一首，守大伴宿祢家持作之。

4069 　明天会不断听到

　　　　布谷鸟迟了一夜

　　　　让人如此思恋

　　　　此一首，羽咋郡拟主帐[1]能登臣乙美作。

1. 拟主帐：即拟认郡司，在正式郡司缺任时，经国司拟准的代理郡司，
或者指未经式部省认可的郡司。

柳绿桃红　与谢芜村

咏庭中牛麦花¹歌一首

4070 栽一棵红瞿麦

有心让谁观赏

此歌，先国师²从僧³清见入京师，因设饮馔飨宴。于时，主人大伴宿祢家持作此歌词，送酒清见也。

---

1. 牛麦花：即瞿麦花，又称抚子。在日语中，"牛"gyu 和"瞿"gu 的音被认作同音。瞿麦原本是秋天的七草之一，但在《万叶集》中多被当作夏的植物来咏唱。
2. 国师：指在国司统领之下，监督管理国内诸寺僧尼的僧官。大宝二年（702 年）始任命。
3. 从僧：即作为国司之从者的僧人。

越中的诸君们　　4071

　　头戴柳枝花冠

　　一同欢快嬉戏

此歌，郡司已下[1]子弟已上[2]诸人多集此会。因[3]守大伴宿祢家持作此歌也。

　　望渡过夜空的月亮　　4072

　　数着过了几个夜晚

　　阿妹在等待我吧

此歌，此夕月光迟流，和风稍扇。既因属目，聊作此歌也。

1. 已下：即以下。
2. 已上：即以上。
3. 因：即因此之意。

越前国橡大伴宿祢池主来赠歌三首

以今月十四日[1]，到来深见村[2]，望拜彼北方。常念芳德，何日能休。兼以邻近，忽增恋绪。加以，先书云，暮春可惜，促膝未期，生别悲兮，夫复何言。临纸凄断，奉状不备[3]。

三月十五日，大伴宿祢池主。

一[4]、古人云

4073　同一国中望明月
　　　却有群山与你相隔

一、属物发想[1]

人说樱花正盛开　　4074
　我却如此孤寂
没有和你在一起

一、所心歌[2]

　你没有在相思　　4075
不可思议的叹息
　　竟让人惊疑

---

1. 属物发想：即借物联想。

2. 所心歌：和式汉文的表达方式，意为叙心中所想之歌。

越中国守大伴家持报赠歌四首

一、答古人云[1]

4076　没有山该多好

　　　同在乡里望月

　　　心却被隔开

一、答属目发想[2]，
兼咏云迁任旧宅[3]西北隅樱树

4077　你的旧宅墙内

　　　樱花含苞欲放

　　　请来看一眼

1. 答古人云：指的是答卷十八·4073。
2. 答属目发想：指为卷十八·4074 所作的答歌。
3. 迁任旧宅：指大伴池主曾住过，他迁任越前掾后由久米广绳使用的
宅邸。

一、答所心[1]，

即以古人之迹，代今日之意[2]

思恋这个词　4078

真是名副其实

不知该怎么说

正像我这样

一、更瞩目[3]

雾笼三岛野　4079

昨天和今天

这里还下雪

三月十六日。

1. 答所心：指卷十八·4075 的答歌。

2. "以古人之迹"二句：指以古人对恋情的评价来表达今人的心情。

3. 更瞩目：即更加集中注意力予以关注。

姑大伴氏坂上郎女来越中，
赠越中守大伴宿祢家持歌二首

4080　世人嘴上说思恋
　　　可我正奄奄一息

古摩河岸　川瀬巴水

让马驮着思恋　4081
送到越中去
能有回应吗

越中守大伴宿祢家持报歌并所心[1] 三首

4082　偏远乡下的俗人
　　　承蒙天人思恋
　　　人生更有意义

4083　一直思恋不已
　　　都城的马儿
　　　驮来了思恋
　　　能够承受吗

别所心一首

4084　布谷鸟拂晓鸣叫
　　　通报自己的名字
　　　更令人感叹

　　　此歌，四日附使赠上京师[2]。

1. 所心：即所心歌，前出，见卷十八·4075 注释。
2. 附使赠上京师：即交给、托付给信使送上京城。

天平感宝元年五月五日[1]，
飨东大寺之占垦地使[2]僧平荣[3]等，
于时守大伴宿祢家持送酒僧歌一首

应该从明天开始　　4085

在砺波关增加守卫

好把你挽留下来

1. 天平感宝元年五月五日：天平二十一年（749 年）四月十四日改年
号为天平感宝，这里的五月五日为阳历五月二十九日。
2. 占垦地使：当时东大寺尚未完工，毗庐舍那佛像正在制作中。为寺
院的建设，政府派出的征田僧人，被称为占垦地使。
3. 僧平荣：当时是东大寺的寺主。

同月九日，诸僚会少目秦伊美吉石竹[1]之馆饮宴，
于时主人造百合花缦三枚，叠置豆器[2]，捧赠宾客。
各赋此缦作三首

4086　松油火光里

　　　看我的花冠

　　　百合花在微笑

　　　此一首，守大伴宿祢家持。

4087　灯火里看百合

　　　开始想以后相会

　　　此一首，介内藏忌寸绳麻吕。

4088　想如百合一样

　　　以后能相会[3]

　　　眼下更加亲密

　　　此一首，大伴宿祢家持和。

1. 少目秦伊美吉石竹：少目，国司的四等官，在大目之下。伊美吉，
为姓，与忌寸相同。秦伊美吉石竹，天平宝字八年（764 年）外从
五位下。宝龟五年（774 年）任飞騨国守，宝龟七年任播磨介。本
集未收他的歌。
2. 豆器：又称俎豆，高脚的盛具。
3. "想如百合一样"二句："百合" yuri 和"以后" yuri 谐音关联，引导
出后面的歌句。

山百合　川瀬巴水

独居幄里，遥闻霍公鸟喧作歌一首并短歌

4089　高天神灵的后裔

　　　　天皇御统的国度

　　　　有秀丽的群山

　　　　百鸟飞来鸣叫

　　　　春天的声音多好

　　　　各种鸟鸣美妙

　　　　水晶花开的月份

　　　　怀念布谷鸟的叫声

　　　　直到穿蝴蝶花时

　　　　白天听一整天

　　　　夜里听一整夜

　　　　令人心动的鸟儿

　　　　无时无刻不感叹

4090　惆怅不定的日子

　　　　布谷鸟鸣叫飞过

　　　　令人如此神往

◎ 卷十八·4089 反映了大伴家持苦闷与无奈的心情。随着橘诸兄等
年老势弱，藤原氏以光明皇后为后盾把持了政权。家持对今后大伴家
族的前途以及自身的出路都感到茫然与不安。正如大伴宿祢池主在卷
八·1590 中唱的"遇上十月的阵雨 / 红叶会被吹散吧 / 任凭秋风吹来"。

伴同水晶花开鸣叫　　4091
　　布谷鸟更惹人爱
　　通报自己的名字

　　布谷鸟让人怨恨　　4092
　　橘花散落的时候
　　传来了鸣叫声

此四首，十日，大伴宿祢家持作之。

行英远浦[1]之日作歌一首

4093   英远海湾的白浪

一浪高过一浪

是东风正强劲吗

此一首，大伴宿祢家持作之。

1.英远浦：富山县冰见市北部阿尾海岸。

贺陆奥国出金诏书[1]歌一首并短歌

从高天降临　　**4094**

苇原的瑞穗国

日神的历代子孙

御统四方国土

山川辽阔丰饶

奉献无数珍宝

大君为劝导民众

开始施行善举

确信会有黄金

正在担心之际

远方传来喜讯

鸡鸣的东国

陆奥小田[2]的山中

有黄金产出

御心欢快舒畅

天地神灵加持

皇祖御灵相助

远古出现的事情

在朕的时代再现

国家必将昌盛

遵从神灵的旨意

吩咐文武百官

让老人和妇孺

心愿也得到满足

这样的安抚

令人诚惶诚恐

越想越欢心鼓舞

大伴氏的远祖

名为久米主³

为官侍奉的宗旨

去海上葬身水中

去山上以草裹尸

在大君的左右

誓死无怨无悔

不负大丈夫清名

从远古到今世

堪为先祖的子孙

大伴和佐伯⁴氏族

祖先立下的誓约

子孙继承不绝

世世跟从大君

美名代代流传

梓弓握在手中

腰佩锐利的大刀

朝夕警惕守卫

大君的御门

无人能够匹敌

意气愈发高昂

听从大君指示

感到无尚荣光

1.陆奥国出金诏书：天平二十一年（749 年）二月，陆奥国挖掘出黄金。当时制造中的东大寺毗庐舍那佛像因金量不足而无法镀金，圣武天皇为此苦恼。听到喜讯后，天皇立即下诏给东大寺和国民，将这一消息告知天下。

2.陆奥小田：位于宫城县远田郡涌谷町字黄金迫附近。

3.久米主：久米又称来目，《日本书纪·神代纪下》有"大伴连远远祖天之忍日命率领来目部远祖天槵津大来目"的记载。

4.大伴和佐伯：大伴氏世代担任天皇和朝廷的警卫职责，佐伯氏是从大伴氏家中分离出来的分支，主要负责压制归伏隼人、虾夷等异族及宫门的守护。

反歌三首

4095　大丈夫的心中
　　　听从大君的指示
　　　感到无上荣光

4096　大伴祖先的陵墓
　　　标上显著的印记
　　　让人们都知道

4097　天皇代代昌盛
　　　东方的陆奥山
　　　黄金花儿开放

天平感宝元年[1]五月十二日，
于越中国守馆大伴宿祢家持
作之。

1.天平感宝元年：749年。

为幸行芳野离宫之时储作歌一首并短歌[1]

4098   高天日神的后裔

御统天下的天皇

选定神圣的吉野

建造这座宫殿

不断前来观览

文武百官诸臣

不负家族的名誉

听从大君的旨令

如这条河流不绝

如这座重叠的山峦

侍奉直到永远

---

1. 歌名所写作歌背景为，陆奥国小田郡挖掘出黄金后，东大寺的大佛
修造一事顺利进行。家持对未来充满希望，他渴望回京后前往吉野离
宫，于是便提前作成此歌。储作歌，又称预作歌。

反歌

仿佛想起往昔　　4099
大君不断来观览
　　吉野的宫殿

文武百官诸臣　　4100
如不绝的吉野川
　　不断前来侍奉

为赠京家愿珍珠歌[1]一首并短歌

4101　珠洲的渔夫
　　　去海里的神岛
　　　潜水采珍珠
　　　想采五百颗
　　　和亲爱的妻子
　　　挥袖分别以后
　　　夜里独守空床
　　　清晨不愿梳妆
　　　数着出发的时日
　　　在叹息不已吧
　　　为了抚慰心灵
　　　布谷鸟鸣叫的五月
　　　穿起蝴蝶花和橘花
　　　送去花冠的包裹

1. 愿珍珠歌：即愿能得到珍珠而作的歌。

送去珍珠的包裹　4102
还有蝴蝶花橘花
　穿起来的花冠

想去海岛采珍珠　4103
包起来送给阿妹

为安慰阿妹的心　4104
想要海岛的珍珠

奉献五百颗珍珠　4105
这样的渔夫难得

此歌，五月十四日，大伴宿祢家持依兴作。

教喻史生[1]尾张少咋歌一首并短歌

《七出例》[2]云："但犯一条，即合出之[3]。无七出辄[4]弃者，徒一年半。"

"三不去"[5]云："虽犯七出，不合弃之。违者杖一百。唯犯奸恶疾得弃之[6]。"

《两妻例》[7]云："有妻更娶者徒一年，女家杖一百离之[8]。"

诏书云："悯赐义夫节妇。"

谨案，先件数条，建法之基，化道之源也。然则义夫之道，情存无别，一家同财。岂有忘旧爱新之志哉。所以缀作数行之歌，令悔弃旧之惑。其词曰：

4106　大汝和少彦名

从神代开始流传

看见父母要尊重

看见妻子要爱护

这是世间的道理

如此不断流传

世人信誓旦旦

莴苣花儿盛开

与爱妻朝夕相处

共同欢乐忧伤

感慨诉说不已

能永远这样吗

有天地神灵保佑

会有春花盛开时

如今时来运转

分居的阿妹叹息

何时能等来使者

心中充满寂寞

南风吹融冰雪

如射水川的水花

漂流没有寄托

叫佐夫流[9]的游女

与你亲近缠绵

二人一同沉迷

奈吴的深海底

你心中无可奈何

（言佐夫流者游行女妇之字也。）

1. 史生：即负责记录的下级官吏。

2.《七出例》：日本古代时户令的规定，可以弃妻的七个条例。《令集解·户令》记："凡弃妻须有七出之状：一无子，二淫佚，三不事舅姑，四口舌，五盗窃，六妒忌，七恶疾。"

3. 即合出之：即可出之。合，为助词，与可同义。

4. 辄：随意，没有缘由的。

5. "三不去"：指三种不可离弃妻的情况。《户令》明记："（妻）虽有弃状，有三不去：一经持舅姑之丧，二娶时贱后贵，三有所受无所归。"经持舅姑之丧，指的是曾帮助料理丈夫父母的丧事。娶时贱后贵，即结婚时丈夫贫穷，后为官富贵。有所受无所归，指的是结婚后女方父母死去，离弃后无家可归的妇人。

6. "虽犯七出"四句：虽犯七出，但符合三不去的条件，也不可弃妻，违者杖一百。但是犯奸淫和恶疾者可以离弃。

7.《两妻例》：即关于重婚的条令。

8. "有妻更娶者徒一年"二句：此律文与唐《户婚律》相近。唐《户婚律》规定："诸有妻，更娶妻者，徒一年，女家减一等。若欺妄而娶者，徒一年半，女家不坐，各离之。"

9. 佐夫流：如本歌末尾的小字旁注所示，佐夫流是游女的字，并非真名。

薔薇小禽　伊藤若冲

反歌三首

在急切期盼
难以承受吧

被乡里人注目　　4108
让人感到羞耻
被佐夫流迷惑
你去宫中的背影

红花鲜艳一时　　4109
怎么能比得上
橡实染的衣裳

此歌，五月十五日，守大伴宿祢家持作之。

先妻不待夫君之唤使自来时作歌一首

4110　佐夫流侍奉的府上

　　　驶来没挂铃的驿马

　　　乡里出现了骚动[1]

同七月十七日，大伴宿祢家持作之。

1. 乡里出现了骚动：一般官差用的驿马都挂着铃，少咋的妻因为私事，
故马没有铃。她的到来，引起了骚动。

春駒舞　高昌华宵

橘歌一首并短歌

4111　说出来让人敬畏

远古的天皇时代

田道间守[1] 去常世国

取来八千矛时

四季飘香的橘树

在国内扎根生长

春来发出新枝

布谷鸟鸣叫的五月

折来枝头的花蕾

送给少女们

将芬芳藏入衣袖

任花朵凋零

珠串坠落的果实

缠在手上看不够

立秋后的阵雨

染红山上的枝头

红叶飘散的时候

橘实仍光亮晶莹

越发引人注目

冬天的冰霜中

枝叶也不枯萎

永远熠熠生辉

远古的神代开始

便有相称的名字

四季飘香的橘树

滨离宫的秋　荒木宽

1.田道间守：从新罗归化日本的天之日矛的子孙。传说垂仁天皇时代
去常世之国带回了柑橘。

反歌一首

4112 无论橘花橘实[1]

无论什么时候

都希望还能观赏

闰五月二十三日[2]，大伴宿祢家持作之。

---

1. 橘花橘实："橘"指的是橘诸兄，他与家持私交甚深。在作这首歌的
同年四月，橘诸兄被授正一位，这是作为臣子最高的冠位。
2. 闰五月二十三日：相当于阳历的七月十六日前后。

庭中花作歌一首并短歌

大君遥远的官府

受遣赴任就职

来到飘雪的越国

五年未枕温柔的手臂

不解纽带和衣而眠

心中充满忧郁

为了舒缓心绪

在越国种瞿麦

夏天从原野上

移栽百合花

出门看花开

红瞿麦是花妻[1]

百合花随后相会[2]

这样消磨时光

不然在遥远的乡间

一天该怎么度过

1. 花妻：如花一样美丽的妻，借花来赞美自己所爱的妻子大伴坂上
大娘。
2. 百合花随后相会："百合花"日语读作 yuri，与"后来"一词同音，
用同音引导出"随后相会"的意愿。

反歌二首

4114　看见红瞿麦花开
　　　想起少女的笑容

4115　百合花随后相会
　　　心中没有期盼
　　　今天该怎么度过

　　　同闰五月二十六日，大伴宿祢家持作。

櫻花　上村松園

国橡久米朝臣广绳，以天平二十年¹附朝集使人²入京。其事毕而，天平感宝元年³闰五月二十七日，还到本任。仍长官之馆⁴，设诗酒宴乐饮。于时主人守大伴宿祢家持作歌一首并短歌

4116　听从大君的旨令

汇报奉职的国中

一年内的政情

你上路去都城

踏岩石翻山越野

新年已过数月

好久没有相见

让人思念不安

布谷鸟鸣叫的五月

戴蝴蝶花和艾蒿

编织成的花冠

设酒宴游乐消遣

射水川冰雪消融

越发横溢高涨

鹤鸣的奈吴江

菅草根郁结心头

我不断叹息等待

你完成公务归来

脸上灿烂的微笑

如夏野盛开的百合

重逢的今日起

如同照镜子

时常见面不变

反歌二首

去年秋天相见　　4117

今天再见面

已是优雅的都城人

能这样相见　　4118

是经年累月的思恋

1. 天平二十年：748 年。

2. 附朝集使人：即与朝集使一起。朝集使，将国中一年内的政务记录整理提交中央朝廷的官吏。

3. 天平感宝元年：749 年。

4. 长官之馆：即家持的宅邸。

闻霍公鸟喧作歌一首

4119　自古便如此
　　　听布谷鸟鸣叫
　　　勾起人的思恋

为向京之时，
见贵人及相美人¹饮宴之日述怀储作歌二首

4120　如希望见到的那样
　　　与戴花冠的人相见

4121　好久没有见到
　　　你上朝的身姿
　　　让乡居的我思恋

同闰五月二十八日，大伴宿祢家持作之。

1. 相美人：即与美女相见。在古日语中，无论男女，凡美貌之人皆
称美人，或指美德之人。在这里专指美丽的女子。

牡丹和燕子　椿椿山

天平感宝元年¹五月六日以来，起小旱，百姓田亩稍有凋色也。
至于六月朔日，忽见雨云之气。仍作云歌一首

（短歌一绝。）

4122　天皇御统的国度
　　　天下四方的道路
　　　马蹄能踏到的地方
　　　航船能停靠的地方
　　　从远古到今日
　　　耕作珍贵的贡物
　　　农耕连日不降雨
　　　无论生长的田地
　　　还是播种的田地
　　　朝朝在枯萎
　　　让人看着心痛
　　　如婴儿渴求乳汁
　　　盼望天降雨水
　　　见山谷升起白云
　　　愿连到海神的宫殿
　　　天空阴霾一片
　　　赐予充沛的雨水

---

1. 天平感宝元年：749 年。

反歌一首

愿眼前的这片云　　4123

扩展成阴霾

降下充沛的雨水

直到心满意足

此二首，六月一日晚头，守大伴家持作之。

贺雨落歌一首

降下期盼的雨水　　4124

不再多说什么

只祈求五谷丰登

此一首，同月四日，大伴宿祢家持作。

七夕歌并短歌

4125   天照大神时起
便有安川相隔
相互挥舞衣袖
倾注生命思恋
叹息不已的人啊
艄公不准备渡船
只有从桥上渡过
携手紧紧拥抱
相互倾诉衷肠
驱散心中忧郁
为什么要到秋天
才能短暂相聚
让世人难以理解
岁月循环不断
年年仰望天空
讲述这个传说

反歌二首

天河有渡桥　　4126
从桥上渡过
不应只在秋天

隔天河相望　　4127
思恋一年的人
在今夜相会

此歌，七月七日，仰见天汉，大伴宿祢家持作。

越前国椽大伴宿祢池主来赠戏歌四首

忽辱恩赐[1]，惊欣已深。心中含笑，独座稍开[2]，表里不同[3]，相违何异。推量所由，率尔作策[4]欤。明知加言，岂有他意乎。凡贸易本物，其罪不轻，正赃[5]倍赃[6]，宜急并满。今勒风云，发遣征使。早速返报，不须延回。[7] 胜宝元年[8]十一月十二日物所贸易[9]下吏[10]
谨诉　贸易人断官司[11]厅下[12]
别白，可怜之意，不能默止。聊述四咏，准拟睡觉[13]。

4128　为旅行的老翁

送来了针线

有什么要缝的吗

4129　取出针线袋

放在眼前翻看

竟然还有衬里

4130　针线袋随身携带

去各处乡里展示

没有人见怪

4131　想去鸡鸣的东方

可是没有机会

此歌之返报歌者，脱漏不得探求也。[14]

1. 恩赐：指家持赠送的物品和书信。

2. 独座稍开：指打开物品包裹。

3. 表里不同：指家持送来的物品与池主渴望得到的不同，估计得到了更高级的礼物，其中还有针线袋。

4. 率而作策：率，直率。策，指的可能是物品上的价签。

5. 正赃：指不法所得财物，其中按照强盗、盗窃、枉法等不同获赃方式分为六赃，所施刑罚也不同。

6. 倍赃：指在犯人返还原物主财物基础上再加倍处罚的份额。

7. 在歌序中，池主说，家持送来的物品意外上乘，考虑何以有此事发生，甚至愚蠢地想到是不是有明码价出。显然是欺诈的行为，就算进上一言，也别无恶意。本来将原物（暗指池主所望之物）与他物交换罪已不轻，应立即一并交出正赃与倍赃。今附书柬一封，派去征收的使者，必速回报，不可延迟。

8. 胜宝元年：天平胜宝元年（749 年）。

9. 物所贸易：意为被迫与他人交易。

10. 下吏：是池主对自己的谦称。

11. 贸易人断官司：此句中，池主要告的家持既是不法交易者，又是审判官。

12. 厅下：是书函末尾表示对国府尊敬的称呼。歌序到此为止用的是戏言，表达了池主对家持所赠礼物即惊异又感激的心情。

13. "别白"五句：这一行是信尾附加的文字。意指收到家持所赠物品，欢喜之至，无法不以言表。咏歌四首后，准备睡觉了。

14. 左注说，此歌的反歌因散佚而无法找到。

更来赠歌二首

　　依迎驿使[1]事，今月十五日，到来部下[2]加贺郡[3]境。面萌[4]见射水之乡[5]，恋绪结深海之村[6]。身异胡马[7]，心悲北风。乘月徘徊，曾无所为。稍开来封[8]，其辞云云者，先所奉书，返畏度疑欤[9]。仆作嘱罗，且恼使君。夫乞水得酒，从来能口。论时合理，何题强吏乎。寻诵针袋咏，词泉酌不渴。抱膝独笑，能除旅愁。陶然遣日，何虑何思。短笔不宣[10]。

　　胜宝元年[11]十二月十五日　征物下司[12]
　　谨上　不伏使君[13]　记室[14]

1. 驿使：前出，见卷十六·3804 注释。
2. 部下：指管辖区内。
3. 加贺郡：当时属于越前国，弘仁十四年（823 年）改为独立一国。
4. 面萌：恍惚的意思。
5. 射水之乡：指射水川沿岸一带，实指家持所在的越中国府。
6. 深海之村：深海村又可记作深见村，石川县河北郡津幡町附近。在加贺被分出越前国之前，深见村位于越中和越前交界近处，设有驿站。
7. 身异胡马：因越中国位于本州岛的北部，借胡马指喻家持所在之地。
8. 来封：指家持的信函。
9. 返畏度疑欤：池主怀疑先前自己写给家持的书信中是否有不礼之处。
10. "仆作嘱罗"十三句：池主嘱托索要的锦罗，给你添了不必的烦恼，求水而得酒自然是好事，合乎时宜和理度，怎能称之为恶官呢？（池主仍以戏言的口吻为自己先前的书函辩护）再者，阁下的针袋歌辞泉丰涌（因家持的反歌散佚，是什么歌不明），我独自抱膝发笑，其解旅途忧愁，怡然度日，全无烦恼。短笔不宣，是常用在信函末尾的话，意为憾拙文不尽意。
11. 胜宝元年：天平胜宝元年（749 年）。
12. 征物下司：是池主揶揄自己的话，即征收物品的下官。
13. 不伏使君：指家持。不伏，即不服，指家持不同意被定做交易罪。
14. 记室：即书记或秘书官，常记在对方名字的旁侧。

别奉云云歌¹ 二首

我横竖都是奴仆　　4132
　在主人的府门里

得到这个针线袋　　4133
　还想要印花袋
做事像个老头儿

1. 别奉云云歌：另附云云歌之意。但这里的"云云"，是当时池主以省
略的形式写下的，还是《万叶集》编纂者省略的，不明。

宴席咏雪月梅花歌一首

4134   月光映雪的夜

能有折梅相送

可爱的姑娘吗

此一首，十二月大伴苏祢家持作。

4135   你举手抚琴

更令世人叹息

此一首，少目秦伊美吉石竹馆宴守大伴宿祢家持作。

天平胜宝二年¹ 正月二日，于国厅给飨诸郡司等宴歌一首

4136　山中的树梢上

　　　生长着槲寄生

　　　取来插在发间

　　　祝愿千年长寿

　　　此一首，守大伴宿祢家持作。

判官久米朝臣广绳之馆宴歌一首

4137　正月新春伊始

　　　大家相聚欢笑

　　　不正合时宜吗

　　　同月五日，守大伴宿祢家持作之。

---

1. 天平胜宝二年：750 年。

缘检察垦田地事[1]，宿砺波郡主帐[2]多治比部北里之家，
于时忽起风雨，不得辞去作歌一首

荆波的乡里借宿　　4138

隔在春雨里

谁能去告诉阿妹

二月十八日，大伴宿祢家持作。

---

1. 缘检察垦田地事：因检察开荒垦田之事。
2. 主账：为郡的四等官，专门负责簿记。

卷 十 九

天平胜宝二年[1]三月一日之暮，眺瞩春苑桃李花作歌二首

4139　春苑泛红彩

　　　桃花辉映下的路

　　　现出玉立的少女

4140　是我园中的李花吗

　　　散落在庭中

　　　还是残留的薄雪

见翻翔鸭[2]作歌一首

4141　春来不觉感伤

　　　夜阑更深时

　　　彩鸭振翅鸣叫

　　　在谁家的田里

1.天平胜宝二年：750 年。

2.鸭：日本的造字，意为生活在海岸、湿地和田中的鸟，即鹬。

二日，攀柳黛[1]思京师歌一首

春日萌发的柳枝　4142

折下来观赏

想起都城的大路

攀折坚香子草花歌一首

少女们纷纷汲水　4143

寺中的水井旁

车前叶山慈姑[2]花啊

---

1. 柳黛：即眉毛，借指柳枝。
2. 车前叶山慈姑：即歌名中的坚香子。

见归雁歌二首

4144　　燕子飞来的时节
　　　　大雁思念故乡
　　　　隐在云中鸣叫

4145　　春来就这样归去
　　　　秋风里不来飞越
　　　　满是红叶的山吗

夜里闻千鸟[1]喧歌二首

4146　　夜半醒来时
　　　　听鸻鸟寻找河滩
　　　　凄婉的鸣叫声

4147　　已经过了午夜
　　　　河边鸣叫的鸻鸟
　　　　也曾令古人心动

1. 千鸟：汉语叫鸻鸟。"千鸟"是日语 chidori 的表记。在《万叶集》
中作为冬鸟被咏唱。

闻晓鸣稚歌二首

杉林里起舞的野鸡　　4148
　　叫声如此真切
是唤含羞的伴偶吗

群峰野鸡齐鸣　　4149
　　望清晨的云雾
　　令人感到哀伤

遥闻溯江船人之唱歌一首

清晨在床上倾听　　4150
　远处的射水川上
　晨航里歌唱的船夫

三日，守大伴宿祢家持之馆宴歌三首

4151　为了今天的日子
　　　拦起了标绳
　　　山峰上的樱花
　　　正烂漫开放

4152　深山的座座山峰
　　　山茶花争芳斗艳
　　　要充分享受今日[1]
　　　勇武的大丈夫们

4153　据说汉人也乘筏漂游
　　　今天你们也带上花冠

---

1. "深山的座座山峰"三句：第一、二句是序，"山茶花"读作
tsubaki，与下一句的"充分"tsubaraka 构成类音关联，引导出后面
的歌句。

八日，咏白大鹰歌一首并短歌

4154　　翻越山坡而来

在越国居住多年

大君御统的国度

都城和这里相同

虽然心里这样想

能倾听的人太少

心中充满思念

为了排解心绪

秋来胡枝子花开

策马来到石濑野[1]

四处追逐鸟儿

银白色的小铃鸣响

望捕捉猎物的雄鹰

郁闷一扫而光

心中充满欢喜

在侧房里搭置木架

饲养白色斑纹的鹰

1. 石濑野：位于今富山县高冈市，妇负郡和合町的西岩濑。也有说法
认为是富山市北部海岸的东岩濑。

矢形尾白斑纹鹰 **4155**

应在房中饲养

可以抚摸玩赏

潜鹄歌一首并短歌

4156　岁月更迭春又来
　　　鲜花开遍山野
　　　山下激流轰鸣
　　　辟田的河滩[1] 里
　　　小香鱼在游动
　　　带上养鸬鹚的人
　　　燃起堆堆篝火
　　　下到河水中
　　　阿妹送我的礼物
　　　染成深红的衣裙
　　　已经被浸湿

1. 辟田的河滩：辟田川，推测可能是流经富山县高冈市西田的河，尚无确论。

红衣浸湿更鲜艳　　4157
我要不断前来
观赏辟田川

每年香鱼游来时　　4158
让众多鸬鹚潜水
在辟田川河滩寻找

季春三月九日，拟出举之政¹，

行于旧江村²，道上属目³物花⁴之咏，

并兴中所作⁵之歌过涉谷崎，见岩上树歌一首

（树名都万麻⁵。）

4159 看礁矶上的红楠

  好像生根多年

  如此庄严神圣

悲世间无常歌一首并短歌

从天地之初开始 4160

流传世间无常

抬头仰望天空

月亮也有圆缺

山上的枝头

春来鲜花盛开

秋来经受霜露

红叶随风飘散

世人也是如此

红颜终将衰老

黑发变成白发

清晨还满面笑容

黄昏就变了模样

如风吹无踪影

如逝水不停留

看万物变幻莫测

让人泪流不止

4161　无言的树木

　　　　春来鲜花盛开

　　　　秋来红叶飘散

　　　　一切皆无常

花下游乐屏风（局部）　狩野长信

看万物无常　　4162

无心应付俗事

思虑的日子漫长

予作[1] 七夕歌一首

4163　我枕阿妹的衣袖
　　　河滩快升起云雾
　　　趁夜还未更深

1. 予作：应该是"预作"。《万叶集》中只收有家持的预作歌，而这是
第一首。

慕振勇士之名歌一首并短歌

父亲和母亲　　4164
不要太挂心
能有这样的儿子
男子汉大丈夫
能虚度光阴吗
架起梓弓端
把箭射出千寻
腰间佩带大刀
翻越座座山峰
身上肩负重任
心中光明磊落
应该留下好名声
后代世世相传

大丈夫要留名　　4165
后世代代相传

此二首，追和山上忆良臣作歌。

咏霍公鸟并时花歌一首并短歌

4166　不同的时节

　　　　有各种奇花异草

　　　　鸟鸣声也在变化

　　　　耳闻鸟儿鸣叫

　　　　目睹鲜花开放

　　　　令人感叹入迷

　　　　倾心等待观赏

　　　　难以决出胜方

　　　　树木成荫的四月

　　　　黑暗的夜色里

　　　　鸣叫的布谷鸟啊

　　　　如同远古的传说

　　　　是黄莺的幼仔吗

　　　　到少女们穿起

　　　　蝴蝶花和橘花时

　　　　白天飞越群峰

　　　　夜里不断鸣叫

　　　　飞向破晓的月亮

　　　　虽然鸣叫不已

　　　　却让人听不够

反歌二首

四季珍奇的花朵　　4167
无论折不折下
观赏时最欢喜

每年都来鸣叫　　4168
布谷鸟的叫声
最令人心动
不相逢的日子多

此歌，二十日，虽未及时，依兴预作之。[1]

---

1. 左注中，二十日，相当于阳历五月四日，霍公鸟鸣叫的时节未到。
在卷十九·4171 中，二十四日即阳历五月八日，是立夏之日，霍公鸟
鸣叫的时节才到。因此左注称这是预作歌。

为家妇[1]赠在京尊母，所诵[2]作歌一首并短歌

4169　布谷鸟五月来鸣

橘花盛开飘香

母亲大人的话语

朝夕都听不到

乡居的日子漫长

望山谷间的云朵

让人叹息不安

为思念而苦恼

如奈吴的渔夫

潜水采来的珍珠

想拜见慈祥的面容

待到相会的时刻

请像松柏般常青

尊贵的母亲大人

1. 家妇：即家持的妻大伴坂上大娘。
2. 所诵：即受嘱托之意。

反歌一首

如同想见到珍珠　　4170
渴望见母亲大人
久居偏远的乡村
让人失去活力

休息的水车 竹内栖凤

二十四日应立夏四月节也。因此二十三日之暮，
忽思霍公鸟晓喧声作歌二首

世人都起身倾听　　4171
布谷鸟在这个清晨
飞来的第一声鸣叫

如果布谷鸟鸣叫　　4172
就去田间除草
不在园中栽花橘

赠京丹比家[1]歌一首

4173　看不见阿妹
　　　来越中多年
　　　没心静的日子

追和筑紫大宰之时春苑梅歌一首[2]

4174　春天最快乐的事
　　　无疑是手折梅花
　　　相邀同来游戏

此一首，二十七日依兴作之。[3]

1. 丹比家：丹比又记作多治比，是第二十八代宣化天皇的子孙，姓真人。卷十九·4213 也是家持赠丹比家的歌。推测可能大伴家与丹比家有姻亲关系。也有说法认为，可能坂上大娘的异父姊妹嫁给了丹比家。
2. 歌名指的是天平二年（730 年）正月十三日，当时大伴旅人任大宰帅，主持了梅花宴，在宴会上诸官共作三十二首梅花歌。大伴家持在此作追和歌。
3. 左注中，二十七日相当于五月十一日，并非梅花时节，因此说是依兴作歌。

咏霍公鸟二首

眼下布谷鸟　　4175

开始飞来鸣叫

做蝴蝶花冠的日子[1]

飞去该如何是好

毛能波三个辞欠之。[2]

从门前鸣叫着飞过　　4176

布谷鸟令人怀念

叫声让人听不够

毛能波氏尔乎六个辞欠之。[3]

1. 做蝴蝶花冠的日子：指的是五月五日端午节。
2. 左注中，"毛""能""波"这三个字是万叶假名，分别代表も、の、は（mo、no、ha）三个助词的读音。も、の、は是歌中常用的助词，旁注提醒道，大伴家持这首歌没有用这三个助词。此外这首歌中也没用て、を（te、wo）这两个常用的助词。
3. 左注提示，大伴家持在歌中没用"毛""能""波""氏""尔""乎"这六个助词，按照万叶假名标注的是も、の、は、て、に、を（mo、no、wa、te、ni、wo）这六个助词，有助于人们了解大伴家持的用字法。

4177　与你相携手

黎明走出门外

黄昏四处眺望

心旷神怡的群山

峰峰笼罩云霞

山谷间山茶花开

感伤春天已离去

布谷鸟频频鸣叫

只有一个人倾听

令人感到孤寂

你我相隔思恋

越过砺波山[2]

清晨在松枝上

夜晚向着月亮

穿蝴蝶花的时候

去鸣叫别安眠

让你孤寂烦恼吧

1. 判官：是国司的三等官，相当于掾。
2. 砺波山：位于富山县小矢部市石动町西南的俱利伽罗山附近，是当
时越中和越前的交界山。

只有我倾听寂寞　　4178
布谷鸟快快飞到
丹生山¹下鸣叫

布谷鸟去彻夜鸣叫　　4179
别让他安眠
愿能感知我的心

---

1. 丹生山：越前国府西边的山，位于今武生市西北。

不饱感霍公鸟之情，述怀作歌一首并短歌

4180   春去夏来到
　　　　布谷鸟的叫声
　　　　在山上彻夜回响
　　　　第一声牵动人心
　　　　用蝴蝶花和橘花
　　　　穿花蔓儿的日子
　　　　一直在乡间鸣叫
　　　　该让人多兴奋

反歌三首

黑夜已经破晓　　4181
月光中的布谷鸟
　叫声更加动人

布谷鸟鸣叫　　4182
让人听不够
张网捕来驯养
　鸣叫不离去

整年驯养布谷鸟　　4183
过了今年到明夏
最先开始鸣叫吧

从京师赠来歌一首

4184   手持棣棠花

离我而去的你

让人思念不已

此歌，四月五日从留女之女郎[1]所送也。

1. 留女之女郎：可能是在家留守的女郎的意思。卷十九·4198
中也有同样的左注，同时解释道："女郎者即大伴家持之妹。"

◎ 这首歌是大伴家持的妹妹赠给大伴坂上大娘的歌，歌中流
露了她对既是表姐又是兄嫂的坂上大娘离开京城，随夫君远
赴任地越中国之举的遗憾之情。

咏山振花歌一首并短歌

4185　世人恋情多
　　　春来更思念
　　　被吸引到近旁
　　　无论是否折下
　　　每次前来观赏
　　　都让人心平气和
　　　将繁茂的山谷间
　　　棣棠花移栽园中
　　　朝露中艳丽的花朵
　　　让人思恋不已
　　　更激发我的恋情

4186　棣棠花移栽园中
　　　看到会思念不已
　　　更激发我的恋情

六日，游布势水海作歌一首并短歌

亲密的伙伴们　　4187

男子汉大丈夫

为了去排遣

茂密成荫的忧郁

布势湖小船相连

操桨划船游荡

乎布浦烟霞映照

垂姬的藤花如浪

岸边清澄的涟漪

不断激发起思恋

今日如何能尽兴

每年都是如此

在春天开花时

在秋天红叶时

不断前来观赏

布势湖的景色

藤花盛开如波浪　　4188

这样在水面上游荡

每年都来观赏

赠水乌[1]越前判官大伴宿祢池主歌一首并短歌

4189 　同是天涯人

　　　彼此心心相印

　　　离家已多年

　　　让人思念不绝

　　　为了排解心绪

　　　将布谷鸟的初鸣

　　　和橘实穿在一起

　　　结成花蔓儿游戏

　　　率领大丈夫们

　　　沿叔罗川[2]逆流而上

　　　在平缓的河滩撒网

　　　在湍急的河滩放鸬鹚

　　　请日日月月同游乐

　　　亲密的伙伴们啊

1. 水乌：即鸬鹚，日语用的是"鹈"字。鸬和鹈在日语中指同一种鸟。
2. 叔罗川：曾流经越前国府（今福井县武生市）的日野川。

叔罗川的河滩　　4190
请你去放鸬鹚
为了放松心情

放鸬鹚捕获香鱼　　4191
请把鱼鳍送来
如果你有兴致

此歌，九日[1] 附使赠之。

1. 九日：阳历五月二十二日。

咏霍公鸟并藤花一首并短歌

4192　面如桃花生辉
　　　笑弯青柳细眉
　　　清晨照见身影
　　　少女手持镜子
　　　二上山的密林
　　　山谷间的树荫里
　　　清晨飞鸣而过
　　　月色朦胧的原野
　　　布谷鸟远远鸣叫
　　　潜入藤花丛中
　　　振翅抖散花朵
　　　怜惜片片落英
　　　前去敛入袖中
　　　染色就染色吧

4193　鸣叫的布谷鸟
　　　振动翅膀抖落
　　　好像时节已过
　　　波浪般的藤花

　　　同九日作之。

更怨霍公鸟鸣晚歌三首

说布谷鸟鸣叫飞过　4194
可我还没有听到
盛开的花期正离去

不知我如此等待　4195
布谷鸟鸣叫飞过
何处的山峦

到了那个月份　4196
白日里期盼等待
布谷鸟不来鸣叫

赠京人歌二首

见如同妹妹的草　　4197
　我结上了标识
　原野上的棣棠
　被谁折入手中

若无其事离去　　4198
你虽然这样说
　日久不相见
　让我思念不已

此歌，为赠留女之女郎，所诮家妇[1]作也。
（女郎者即大伴家持之妹。）

1.家妇：指大伴家持妻坂上大娘，受坂上大娘嘱托作歌。

◎ 这两首歌是对卷十九·4184 的赠答。歌名中所说的京人即大伴家持的妹妹。

十二日，游览布势水海，船泊于多祜湾，
望见藤花，各述怀作歌四首

4199　　波浪般的藤花
　　　　辉映清澈的湖底
　　　　沉在水中的石头
　　　　我看如同珍珠

　　　　守大伴宿祢家持。

4200　　辉映多祜的湖底
　　　　将波浪般的藤花
　　　　插在发间归去
　　　　为了没见过的人

　　　　次官内藏忌寸绳麻吕。

没料想竟然如此　4201
来到多祜的湖湾
看见盛开的藤花
想在此过上一夜

判官久米朝臣广绳。

波浪般的藤花　4202
搭建起茅庐
湖畔观赏的人们
不知道内情
被看成渔夫了吧

久米朝臣继麻吕。

恨霍公鸟不喧歌一首

4203　回到了家中
　　　说点什么见闻吧
　　　山上的布谷鸟啊
　　　哪怕叫一声

　　　判官久米朝臣广绳。

见攀折保宝叶[1] 歌二首

4204　你捧着朴树叶
　　　恰如手持一把
　　　蓝色的伞盖

　　　讲师[2] 僧惠行。

4205　远古的皇祖时
　　　卷起来饮酒
　　　用这朴树叶

　　　守大伴宿祢家持。

1. 保宝叶：即朴树叶。
2. 讲师：是在诸国所设的国分寺的僧官，原称国师，后改为讲师。

还时，滨上仰见月光歌一首[1]

我们正赶往涉谷　　4206

为饱览这岸边月色

先让马儿停下

守大伴宿祢家持。

---

1. 歌名说明此歌创作场景：自布势湖返回时，面西左手是有矶海（富山湾），右手是二上山，仰望月亮，沿着海滨向国府归去的景象。

二十二日，赠判官久米朝臣广绳
霍公鸟怨恨歌一首并短歌

4207　从这里向后眺望
　　　你家所在的山谷
　　　清晨的赤杨柳枝
　　　黄昏繁茂的青藤
　　　布谷鸟在远处鸣叫
　　　我园中的橘树
　　　花落为时尚早
　　　不恨不来鸣叫
　　　可你家在山谷旁
　　　听见不来告知
　　　更让人感到无情

反歌一首

4208　我在如此等待
　　　布谷鸟不来鸣叫
　　　一个人独自倾听
　　　不来告知的你啊

休憩　古山师政

咏霍公鸟歌一首并短歌

4209　家虽临近山谷
　　　又有高大的树木
　　　布谷鸟不来鸣叫
　　　想听到鸣叫声
　　　清晨走出家门
　　　黄昏观望山谷
　　　如此思恋期盼
　　　一声也没听到

4210　浪花般的藤花
　　　盛开时节已过
　　　山里的布谷鸟
　　　为何不来鸣叫

　　　此歌，二十三日橡久米朝臣广绳和。

追同处女墓歌一首并短歌[1]

4211　远古发生的奇事

　　　在不断流传

　　　千沼和菟原壮士

　　　为了世间的名誉

　　　舍命决斗求婚

　　　那位少女的故事

　　　更是让人伤心

　　　如春花楚楚动人

　　　如红叶散发光彩

　　　应珍惜青春年华

　　　为壮士们的誓言伤心

　　　告别父母离家

　　　独自伫立海边

　　　朝夕涨满潮水

　　　卷起重重波浪

　　　如短小的海藻节

　　　令人珍惜的生命

　　　霜露般消失

　　　将坟墓置于此处

　　　让听到传说的后人

　　　深深怀念不已

　　　黄杨木的梳子

　　　好像就那样插着

　　　在风中生机勃勃

少女留下的纪念　4212

黄杨木的梳子

长成了大树

枝叶伸展繁茂

此歌，五月六日依兴大伴宿祢家持作之。

1. 歌名说的究竟是田边福麻吕歌（卷九·1801）的追和，还是高桥虫
麻吕歌（卷九·1809）的追和未标明。从内容上看，与后者较接近。
追同，即追和。处女墓歌，指的是关于菟原处女传说的歌。

4213　东风太迅疾

　　　　奈吴的海湾

　　　　激起千重浪

　　　　让人思恋不已

　　　　此一首，赠京丹比家。

挽歌一首并短歌

4214　从天地之初起

　　　　天下的各部族人

　　　　注定跟从大君

　　　　听从大君的旨令

　　　　治理遥远的国度

　　　　重重山川阻隔

　　　　让风云传递音信

　　　　日久不能相逢

　　　　在思恋叹息时

　　　　路上来人传言

　　　　对我这样叙说

　　　　真是令人伤心

　　　　他近来心中不快

　　　　正在叹息不已

世上的烦恼太苦
花开也有落时
世间变幻无常
说到令堂母君
这究竟是为什么
不管有多少时间
如镜子看不够
令人珍惜的生命
如云雾般飘散
如露水般消失
无力倒卧在床
如逝水难以停留
是信口开河吗
定是胡言乱语
如用指甲弹拨梓弓
在夜里鸣响的声音
听远方传来的噩耗
悲伤泪流不止

反歌二首

4215　远方传来音信
　　　说你哀叹哭泣
　　　我也不堪思念
　　　不禁失声哭泣

4216　知道世间无常
　　　心中不要烦恼
　　　身为大丈夫

此歌，大伴宿祢家持吊婿南右大臣家藤原二郎之丧母患也。五月二十七日。[1]

1.从左注得知，大伴宿祢家持的女婿是南家右大臣的次男。二郎，即次男之意，实名叫继绳。所谓南家，即藤原不比等长男武智麻吕的系统。当时，武智麻吕的长男丰成为右大臣。次男继绳的母亲是路真人虫麻吕（从五位上）的女儿。

霖雨霁日作歌一首

让水晶花腐烂的淫雨　　　4217
　　山洪冲来木屑
　　能带来少女吗

见渔夫火光歌一首

　　钓鲔鱼的渔夫　　　4218
　　　点燃了渔火
　　流露出来了吗
　　我内心的思恋

　　此二首，五月。

　　我园中的胡枝子　　　4219
　　　早已开出花朵
　　等待秋风吹来
　　　还要很久吗

　　此一首，六月十五日，见芽子[1]早花作之。

---

1. 芽子：日语又写作"萩"，意思相同。

对照镜　北野恒富

从京师来赠歌一首并短歌

如海神的聚宝箱   4220
珍藏的珍珠
我日益思恋的阿妹
按照人之常情
应跟随大丈夫
踏上去越国的路
从分别之日开始
波浪般的眉毛
如摇摆晃动的大船
面容不断闪现
我如此思念
衰老的身体
会不堪承受吧

反歌一首

早知如此思恋   4221
愿能像照镜子
无日不相见

此二首，大伴氏坂上郎女¹赐女子²大娘也。

1. 大伴坂上郎女：前出，见卷三·379 注释。
2. 女子：即女儿，指坂上大娘。

九月三日，宴歌二首

4222　这场阵雨别太猛
　　　为了让阿妹观赏
　　　去折取红叶

　　　此一首，橡久米朝臣广绳作之。

4223　为了让奈良人观赏
　　　你结了标识的红叶
　　　怎能散落在地上

　　　此一首，守大伴宿祢家持作之。

朝雾笼罩的田野　4224

能留下鸣叫的雁吗

我屋前的胡枝子

此一首歌者，幸于芳野宫之时[1]，藤原皇后[2]御作。但年月未审详。十月五日，河边朝臣东人[3]传诵云尔。

沾着露珠的红叶　4225

散落在山路上

你正翻山而去吗

此一首，同月十六日，饯朝集使[4]少目秦伊美吉石竹时，守大伴宿祢家持作之。

1. 幸于芳野宫之时：圣武天皇行幸吉野离宫的时间是即位后的神龟元年（724 年）二月和天平八年（736 年）六月二十七日（阳历八月十二日）两次。后者的可能性较大，但是距离雁和胡枝子的时节又过早。卷六·920 歌名记载了神龟二年夏五月的行幸，但时间也不吻合。也许《续日本纪》对行幸的记录有疏漏。
2. 藤原皇后：后来的光明皇后。
3. 河边朝臣东人：前出，参见卷六·978 注释。
4. 朝集使：每年定期入京报告国政事务的使者，有义务在十一月一日前到达京城。

雪日作歌一首

4226　趁这场雪没消融
　　　不去看山橘
　　　辉映的果实吗

　　　此一首，十二月大伴宿祢家持作之。

4227　这大殿周围的雪
　　　请不要践踏
　　　不是寻常的降雪
　　　只在山里飘落
　　　人们别靠近啊
　　　别去践踏积雪

反歌一首

就这样观赏 4228

大殿周围的雪

请不要践踏

此二首歌者，三形沙弥承赠左大臣藤原北卿[1]之语作诵之也。闻之传者，笠朝臣子君，复后传读者，越中国椽久米广绳是也。[2]

1. 藤原北卿：即藤原房前，藤原不比等的次男，称北家。南家是其兄武智麻吕。
2. 左注说，此二首是三形沙弥承左大臣藤原北卿（藤原房前）之语而作的歌。闻听后又传诵的人是笠子君。再后传诵的是久米广绳。

4229 新的一年开始

年年来踏积雪

希望永远如此

此一首歌者，正月二日[2]，守馆集宴。于时，零雪殊多，
积有四尺焉。即主人大伴宿祢家持作此歌也。

4230 齐腰的积雪中

来拜访更有意义

在新年开始的时候

此一首，三日，会集介内忌寸绳麻吕之馆宴乐时，大伴宿
祢家持作之。

1. 天平胜宝三年：751 年。大伴家持三十四岁。
2. 正月二日：阳历二月六日。

代地之雪 川瀬巴水

于时，积雪雕成重岩之起，奇巧彩发草树之花，
属此橡久米朝臣广绳作歌一首[1]

4231   瞿麦在秋天开放

　　　　可是你家的花朵

　　　　雪中岩石间盛开

游行女妇蒲生娘子歌一首

4232   雪中的岩石间

　　　　种植的红瞿麦

　　　　能千世盛开吗

　　　　插在你的发间

1.歌名说，当时，在积雪上雕出山岩耸立的形状，并表现出草木茂盛
的形态。见此情形，久米广绳作歌一首。

于是，诸人酒酣，更深鸡鸣。

因此，主人内藏伊美吉绳麻吕作歌一首

雄鸡振翅鸣叫　　4233

在这样的积雪里

你该怎么回去

守大伴宿祢家持和歌一首

雄鸡啼叫不停　　4234

飞雪积千重

我无法归去

太政大臣藤原家之县犬养命妇[1] 奉天皇[2] 歌一首

4235   踏碎天上的云

　　　　轰鸣的雷神

　　　　为何今天更可畏

　　　此一首，传诵椽久米朝臣广绳也。

悲伤死妻歌一首并短歌

（作主未详。）

天地没有神灵吗　4236
亲爱的阿妹远去
如光神般的少女
想携手永在一起
可是事与愿违
不知该说什么
也不知该做什么
肩披木棉巾
手持倭纹绫
我祈求别分离
曾经相拥而眠
阿妹的手臂
已化成云烟

反歌一首

渴望变成现实　4237
只梦见交臂而眠
让人无可奈何

此二首，传诵游行女妇蒲生是也。

海棠目白　伊藤若冲

二月二日[1]，会集于守馆宴作歌一首

如果你长久离去　　**4238**

我将和谁一起

编织梅柳花冠

此歌，判官久米朝臣广绳以正税账[2]，应入京师。仍守大伴宿祢家持作此歌也。但越中风土，梅花柳絮三月初开耳。

1. 二月二日：阳历三月七日。
2. 正税账：前出，见卷十七·3990 注释。

咏霍公鸟歌一首

4239　隐入二上山的峰顶
　　　密林中的布谷鸟
　　　等待也不来鸣叫

　　　此歌，四月十六日[1]大伴宿祢家持作之。

1.四月十六日：阳历五月十九日。

春日¹祭神之日，藤原太后御作歌一首
即赐入唐大使藤原朝臣清河²

（参议从四位下遣唐使。）

大船插满楫桨　　4240

我去唐国的儿郎

请众神保佑

---

1. 春日：即春日大社。和铜三年（710 年），平城迁都以后，春日大社
成为藤原氏祭祀祖先的神社。
2. 藤原朝臣清河：天平胜宝二年（750 年）九月被任命为遣唐使。当
时为从四位下参议。所谓参议，即可登殿参与议政。大伴家持关于遣
唐使的歌作于胜宝三年四月至七月之间。

大使藤原朝臣清河歌一首

4241　在春日野祭祀
　　　盛开的梅花啊
　　　要等到我归来

大纳言藤原家[1]饯入唐使等宴日歌一首

（即主人卿作之。）

4242　虽然是去去就回
　　　我为离别伤悲

1. 大纳言藤原家：有两种说法，一是藤原仲麻吕，天平胜宝元年（749年）被任命为大纳言。但另有研究者认为是仲麻吕之兄藤原丰成，在748年被任命为大纳言。由于大纳言有两位定员，因此难以确定究竟是其中的哪一位。作为藤原氏的嫡男，丰成的可能性值得考虑，但当时作为藤原一门代表的仲麻吕势力已超越兄长，加之仲麻吕的第六子刷雄作为留学生随清河远行，从歌的内容看，作歌的很可能是仲麻吕。

白梅屏风　琳派

民部少辅[1] 多治比真人土作[2] 歌一首

4243　在住吉祭祀

　　　神灵托言说

　　　船儿来去神速

大使藤原朝臣清河歌一首

4244　我长年在担忧

　　　思恋阿妹的月份

　　　已经开始临近

1.民部少辅：民部，主要负责管理地籍、户口、课役、田租、三川、道桥等。少辅，为民部省的次官。
2.多治比真人土作：左大臣岛的孙子，天平十二年（740年）从五位下，天平十五年为检校新罗客使。历任摄津介、民部少辅。天平胜宝元年（749年）兼任紫微大忠。后历任尾张守、文部大辅、左京大夫。宝龟二年（771年）参议治部卿从四位任职中殁。

天平五年，赠入唐使歌一首并短歌

（作主未详。）

从大和的奈良京　4245

下难波到住吉

在御津乘船

直奔日落的唐国

遵从大君的派遣

说出口也敬畏

住吉的大神们

请坐镇船头

请守护船尾

航行过座座礁矶

停泊在各个港口

不遭遇狂风巨浪

平安导航归来

返回到祖国

反歌一首

海里的波浪　4246

岸边的波浪

别涌向你的船

直到航行归来

停泊在御津

阿倍朝臣老人遣唐时，奉母悲别歌一首

4247   天云无尽头

我思念的母亲

离别的时日临近

此件歌者，传诵之人越中大目高安仓人种麻吕是也。但年
月次者，随闻之时载于此焉。[1]

---

1. 左注中，右边的一连串的歌由越中大目高安仓人种麻吕传诵，年月
顺序按所闻先后记载于此。

以七月十七日[1]，迁任少纳言[2]。仍作悲别之歌，
　　　赠贻朝集使椽久米朝臣广绳之馆二首

　　　既满六载之期，忽值迁替之运。于是别旧之凄，心
中郁结，拭涕之袖，何以能旱。因作悲歌二首，式遗莫
忘之志。其词曰：

　　　　　　　　　　长年朝夕相处　　4248

　　　　　　　　　　此情怎能忘记

　　　　　　　　　　石濑野策马同行　　4249

　　　　　　　　　　踏秋天的胡枝子

　　　　　　　　　　还未架鹰初猎

　　　　　　　　　　就这样离别吗

　　　　　　　　　此歌，八月四日[3]赠之。

1. 七月十七日：阳历八月十六日。
2. 少纳言：太政官事务局的长官，负责日常事务的奏明及驿铃的管理。
3. 八月四日：阳历九月二日。

◎ 卷十九·4248 歌名中提到的朝集使该是税账使的误记。从时间上看，
朝集使上京的时间是十一月一日之前。大伴家持未能与广绳话别，留
下了歌便离开了越中。但途经越前大伴池主家时竟意外遇到了准备回
越中的广绳（参见卷十九·4252 歌名）。

便附大账使[1]，取八月五日应入京师。

因此以四日，设国厨之馔[2]于介内藏伊美吉绳麻吕馆饯之。

于时大伴宿祢家持作歌一首

4250 　　在越中居住五年

　　　　今宵依依惜别

---

1. 大账使：管理征税账目的使者，规定在八月三十一日前持账目上京。已不是国守的家持被任命为大账使，主要是为了避免烦琐，顺便将账目带往京城。

2. 国厨之馔：诸国有负责国府官员往来宴饮的膳部，由膳部负责料理的宴会。

五日平旦[1]上道。仍国司次官已下诸僚皆共视送。

于时射水郡大领安努君广岛门前之林中预设饯馔之宴。

于此大账使大伴宿祢家持和内藏伊美吉绳麻吕捧盏之歌一首

上路出发的我　　4251

肩负你的业绩

---

1. 平旦：早晨四点前后。

秋天的花　山本梅逸

正税账使橡久米朝臣广绳事毕退任。

适遇于越前国橡大伴宿祢池主之馆，仍共饮乐也。[1]

于时久米朝臣广绳瞩芽子花[2]作歌一首

你家种的胡枝子　　4252

折来初花插头上

旅别的同伴们啊

大伴宿祢家持和歌一首

坐立不安等待　　4253

上路出发的我

在这里遇到你

头插胡枝子

1. 关于歌名的内容参见卷十九·4248 的译者说明。

2. 芽子花：即胡枝子花。

向京路上，依兴预作侍宴应诏歌一首并短歌

4254　秋津岛大和国

云中飘浮的磐舟

船头船尾插楫桨

出航观赏国土

从天而降除害

千代相继御统

是日神的子孙

大君御统天下

安抚文武百官

整顿朝野纲纪

国内四方民众

无不得到恩惠

自古未闻的祥瑞

不断来禀奏

无为而治的时代

天地日月与共

万代记载史册

大君观赏秋花

色彩鲜艳缤纷

御心欢快舒畅

今日盛大的酒宴

实在是无比尊贵

反歌一首

秋花有种种　4255
观览各种色彩
都令御心欢畅
今日无比尊贵

为寿[1]左大臣橘卿预作歌一首

先前侍奉三代大君　4256
请殿下执政七代

1. 寿：即祝福之意。橘诸兄与大伴家持的私交甚密，大伴家持对诸兄十分信任尊敬，因此在歌中唱出了愿执政七代的祝福之语。

十月二十二日¹，于左大弁纪饭麻吕²朝臣家宴歌三首

4257 手持手束弓³

你出发去晨猎

在棚仓的原野⁴

此一首，治部卿船王⁵传诵之久迩京⁶都时歌。未详作主也。

1. 十月二十二日：阳历十一月十八日。
2. 左大弁纪饭麻吕：弁官由太政官统管，左大弁是左弁官的长官。
分管八省事务和宫中庶政。纪饭麻吕天平元年（729 年）从五位下。
十二年任副将军，十三年任春宫大夫，后为右大弁。历任畿内巡察使、
常陆守、大和守、大宰大贰、大藏卿等职。天平宝字二年（757 年）
参议紫微大弼兼左大弁。其后又历任河内守、美作守。天平宝字六
年从三位时殁。
3. 手束弓：可能指握柄较大的弓，具体不明。
4. 棚仓的原野：京都府缀喜郡田边町大字田边小字棚仓附近。或说是
同府相乐郡山城町绮田、平尾一带。棚仓的地名各处可见，难以确定。
5. 船王：前出，见卷六·998 注释。
6. 久迩京：即恭仁京。

明日香川的渡口　　4258

清澈让人留恋

故都更加遥远

此一首，左中弁中臣朝臣清麻吕[1]传诵古京[2]时歌也。

是十月的阵雨吗　　4259

见你的园中

红叶正在飘散

此一首，少纳言大伴宿祢家持，当时瞩梨黄叶作此歌也。

1. 中臣清麻吕：左中弁为左弁官的次官，相当于正五位上。清麻吕任
左中弁的时间是天平胜宝六年（754年）七月。
2. 古京：指藤原京，持统八年（694年）至元明天皇的和铜三年（710
年）期间为京城。天平年间，时人称古京。

壬申之乱¹ 平定以后歌二首

4260　大君是神灵

赤驹腹大的田野

也能变成都城

此一首，大将军赠右大臣大伴卿作。

4261　大君是神灵

水鸟聚集的池沼

也能变成都城

（作者未详。）

此件二首，天平胜宝四年² 二月二日闻之，即载于兹也。

1. 壬申之乱：672 年的夏天，大友皇子和大海人皇子围绕皇位继承问
题而引起的内乱。671 年天智天皇病死在近江大津宫，得知皇位由长
子大友皇子继承后，大海人皇子率妻儿及部下隐退到吉野宫。翌年六
月，大海人皇子察知近江宫方面要发出攻击后转至美浓，同时召集了
沿途兵力和大和的豪族进击近江。经过一个月的激战，大友皇子失败
后自杀，重臣被处罚。大海人皇子于 673 年 2 月在飞鸟净御原宫即位，
成为天武天皇。壬申之乱后，天皇的神格化和律令体制的建设急速地
发展。

2. 天平胜宝四年：752 年。

白凤　神坂雪佳

闰三月，于卫门督大伴古慈悲[1]宿祢家，
饯之入唐副使同胡麻吕[2]宿祢等歌二首

4262 去唐国满载归来
　　　给英勇的大丈夫
　　　敬献上美酒

此一首，多治比真人鹰主[3]寿副使大伴胡麻吕宿祢是也。

1. 大伴古慈悲：卫门督是卫门府的长官，相当于正五位上。卫门府负
责守护宫中诸门，检查出入人员及风纪礼仪。大伴古慈悲是大伴吹负
的孙子，父亲是祖父麻吕。天平十一年（739 年）从五位下，天平胜
宝元年（749 年）从四位上。天平胜宝八年任出云国守。后因谗言被
监禁。天平宝字元年（757 年）任土佐守期间，因受橘奈良麻吕之变
的牵连被流放。后来被赦免并复位。宝龟元年（770 年）任大和守，
宝龟六年升至从三位。宝龟八年殁。
2. 胡麻吕：大伴胡麻吕，前出，见卷四・567 注释。
3. 多治比真人鹰主：天平宝字元年六月参与了橘奈良麻吕之变，常与
安宿王、黄文王、大伴胡麻吕和大伴池主等密谋。事情败露后被流放
或死于狱中不明。

看不见梳子　　4263

也不清扫屋内

为枕草旅行的人

谨言慎行斋戒

（作者未详。）

此件歌，传诵大伴宿祢村上¹同清继等是也。

1. 大伴宿祢村上：宝龟二年（771 年）从五位下，同年任肥后介。翌年任阿波守。天平胜宝六年（745 年）任民部少丞。

敕从四位上高丽朝臣福信[1]遣于难波，
赐酒肴入唐使藤原朝臣清河等御歌一首并短歌

4264   在大和国中

        水上如履平地

        船上如同床上

        大神守护的国度

        四艘船头相连

        平安神速归来

        在禀奏之日

        一同畅饮美酒

        这珍贵的美酒啊

        反歌一首

4265   四艘船早日归来

        我衣裾佩带白香

        持咒斋戒等待

        此歌，发遣敕使，并赐酒。乐宴之日月未得详审也。

1.高丽朝臣福信：本姓背奈，归化后定住武藏国高丽郡。天平十年（738年）外从五位下。历任春宫亮、紫微少弼、信部大辅、造宫卿、武藏守、近江守等职，后改姓高仓，延历四年（785年）殁，从三位。

为应诏储作歌一首并短歌

群峰铁杉连绵　4266

松树盘根错节

在奈良都城

治理国家万代

我的大君是神灵

恩赐丰盛的酒宴

看今日众大臣

在庭园头插红橘

正在宽衣解带

祝贺千年长寿

欢声笑语不断

看侍奉的场面

多么隆重尊贵

反歌一首

天皇御统万代　4267

这般欢快舒畅

年年都会如此

此二首，大伴宿祢家持作之。

水池　竹内栖凤

天皇太后[1] 共幸于大纳言藤原家[2] 之日，
黄叶泽兰一株拔取，令持内侍佐佐贵山君[3]，
遣赐大纳言藤原卿并陪从大夫等御歌一首
命妇[4] 诵曰

这里不断降霜吗　　4268

夏天的原野上

我看见草叶

已经开始枯黄

1. 天皇太后：指的是孝谦天皇和光明太后。当时孝谦天皇三十五岁，
太后五十二岁。
2. 大纳言藤原家：即藤原仲麻吕家。仲麻吕当时四十七岁。
3. 内侍佐佐贵山君：内侍是内侍所的职员，在天皇身边侍奉，负责
祭祀神殿等事务。佐佐贵山君的名字和所传不详，有研究者推测她
可能是近江国蒲生郡大领佐佐贵山君亲人的女儿。
4. 命妇：指内侍佐佐贵山君。

◎ 本歌歌名是比较明显的和式表达法，而非汉语语序。

十一月八日[1]，在于左大臣橘朝臣宅肆宴歌四首

4269　只远远观望过

今天看见后

年年不会忘记

将不断思念吧

此一首，太上天皇[2]御歌。

4270　葎草丛生的寒舍

早知道大君驾临

应该铺上珍珠

此一首，左大臣橘卿。

1.十一月八日：阳历十二月二十一日。此歌与前一首歌之间有半年的
空白期。
2.太上天皇：圣武天皇，当时五十二岁。

松树绿荫下　　4271

清澈的岸边

如果铺上珍珠

大君会驾临吗

清澈的岸边

此一首，右大弁藤原八束朝臣[1]。

光耀天地的大君　　4272

会屈尊驾临吗

来欢快的小乡里

此一首，少纳言大伴宿祢家持（未奏。）。

1. 藤原八束朝臣：前出，见卷六·978注释。

二十五日[1]，新尝会[2]肆宴应诏歌六首

4273

天地共兴荣

在大宫侍奉

尊贵又欢喜

此一首，大纳言巨势朝臣[3]。

4274

天网五百张

治理国家万代

张开五百天网

（似古歌而未详。）
此一首，式部卿石川年足朝臣[4]。

---

1. 二十五日：阳历翌年一月七日。
2. 新尝会：阴历十一月中间的卯日，天皇将当年的新谷献给神祇，并亲自品尝新谷的祭式，始于皇极天皇元年（642年）。
3. 巨势朝臣：巨势奈互麻吕，大伴旅人的舅父。
4. 石川年足朝臣：治部卿为治部省的长官，相当于正四位下。与仲麻吕关系亲密。此歌列在从三位文室智努真人之前，可能是因为石川年足的年龄大些。

天地长久　　4275

　　奉献万代

　　黑酒白酒

此一首，从三位文室智努真人[1]。

辉映御苑假山　　4276

　　插在发间的橘实

　　　正在侍奉的是

　　　公卿大夫们

此一首，右大弁藤原八束朝臣[2]。

1. 文室智努真人：文室又记作文屋，天平胜宝四年（752 年）九月，
即在作歌的前两个月从志努王降为臣籍，赐姓文室真人。参见卷
十七·3926。
2. 藤原八束朝臣：前出，见卷六·978 注释。

4277 垂展开衣袖

   到我的园中

   黄莺在枝头跳跃

   看散落的梅花

   此一首，大和国守藤原永手朝臣[1]。

4278 山下石松做花冠

   上面点缀梅花

   更令人喜爱

   此一首，少纳言大伴宿祢家持。

---

1. 藤原永手朝臣：藤原房前的次子，天平九年（737 年）从五位下。历任大和守、中务卿、中纳言、兵部卿、大纳言、右大臣和左大臣等职。宝龟元年（770 年）正一位，翌年殁。

梅雀 长泽芦雪

二十七日，林王[1]宅，
饯但马按察使橘奈良麻吕[2]朝臣宴歌三首

4279　正如能登川

　　　此后能相逢[3]

　　　短暂的离别

　　　为何让人悲伤

　　　此一首，治部卿船王[4]。

1. 林王：前出，见卷十七·3926 注释。
2. 橘奈良麻吕：前出，见卷六·1010 注释。根据《续日本纪》记载，
奈良麻吕任但马国按察使的时间是天平胜宝四年（752 年）十一月。
3. "正如能登川"二句：第一句中的"能登川"notogawa 与第二句的
"此后"nochi 的第一个音节相同，引导出后面的句子。
4. 船王：前出，见卷六·998 注释。

如果你离去　4280

矶城岛的人们

会和我一样

斋戒祈祷等待

此一首，右京少进[1]大伴宿祢黑麻吕。

白雪皑皑的山　4281

你正在翻越吗

我在拼命思恋

左大臣换尾云，伊伎能乎尔须流，然犹喻曰，如前诵之也。[2]此一首，少纳言大伴宿祢家持。

1. 右京少进：右京职的第三等官。
2. 左注说，左大臣将尾句替换作"伊伎能乎尔须流"，意思是"我拼上了性命"。但又说，还是保持原作为好。橘诸兄在当时以惯于尝试不合语法的用句而闻名。

4282　闲言太多未相会

　　　梅花在雪中

　　　没枯萎凋散吗

此一首，主人石上朝臣宅嗣。

1. 五年正月四日：天平五年（733年）阳历二月十五日。这一年家持
三十六岁。
2. 石上朝臣宅嗣：治部少辅是治部的次官，相当于从五位下。宅嗣，
是左大臣石上麻吕的孙子，石上乙麻吕之子。天平胜宝三年（751年）
从五位下。历任治部少辅、文部大辅、皇太子傅、参议、大宰帅、式
部卿、大纳言等职。天应元年（781年）殁，正三位。

盛开的梅花丛中　　4283

含苞欲放的花蕾

是保守恋情吗

还是等待飞雪

此一首，中务大辅茨田王[1]。

新年开始的时候　　4284

大家一起相聚

令人多么欢喜

此一首，大膳大夫道祖王[2]。

1. 茨田王：中务大辅为中务省次官。中务省在八省中最为重要，掌管宫中的一切事务。茨田王于天平十一年（739年）无位升至从五位下，天平十二年从五位上，天平十六年二月任少纳言，历任宫内大辅、越前守。任中务大辅的记载不明。《万叶集》中仅收此歌。
2. 大膳大夫道祖王：大膳，是宫内省大膳职的长官。相当于正五位。道祖王，是天武天皇之孙，新田部皇子之子，天平九年无位升至从四位下，天平十二年从四位上，任中务卿。天平胜宝八年（756年）依圣武太上天皇遗诏成为皇太子。后因藤原仲麻吕的干预被废为王。

冬日聚会　歌川丰春

十一日[1]，大雪落积，尺有二寸。因述拙怀歌三首

4285　大宫的内外
　　　降罕见的大雪
　　　请不要践踏
　　　会让人惋惜

4286　御苑的竹林中
　　　黄莺不断鸣叫
　　　大雪一直在下

4287　黄莺鸣叫的墙内
　　　怒放的梅花
　　　在雪中凋散了吗

1.十一日：阳历二月二十二日。

十二日，侍于内里，闻千鸟¹喧作歌一首

河边也下着大雪　　4288

鸻鸟飞到宫中鸣叫

好像无从落脚

---

1. 千鸟：前出，见卷十九·4146 注释。

二月十九日¹，于左大臣橘家宴，见攀折柳条歌一首

4289　折青柳编花冠
　　　祝府上千年长寿

二十三日²，依兴作歌二首

4290　春野云雾映照
　　　感伤的夕阳里
　　　黄莺在鸣叫

4291　我园中的几枝竹
　　　风吹飒飒作响
　　　在这暮色里

1. 二月十九日：阳历四月一日。
2. 二十三日：阳历四月五日。

二十五日[1]作歌一首

晴朗的春日里　　4292

云雀高高飞舞

心中充满悲伤

独自在思念

春日迟迟，仓庚正啼[2]。凄惘之意，非歌难拨耳。仍作此歌，式展缔绪。但此卷中不称作者名字，徒录年月所处缘起者，皆大伴宿祢家持裁作歌词也。[3]

1. 二十五日：阳历四月七日。
2. "春日迟迟"二句：此句出自《诗经·小雅·出车》："春日迟迟，卉木萋萋。仓庚喈喈，采蘩祁祁。"
3. 左注释，以上一连串的歌未记作者名，只记录了年月处所和作歌因由，但都是大伴家持所作的歌。

卷二十

幸行于山村[1] 之时歌二首

先太上皇[2] 诏陪从王臣曰：夫诸王卿等宜赋和歌而奏。即御口号曰：

4293　来到山里时

山里人送给朕

山里的礼物

1. 山村：奈良市山町，原带解町大字山。
2. 先太上皇：元正天皇，舍人亲王的侄女。

舍人亲王应诏奉和歌一首

听说去到山里　　4294

山里人心里合计

不知这山里人是谁

此歌，天平胜宝五年¹五月，在于大纳言藤原朝臣²之家时，依奏事而请问之间，少主铃³山田史土麻吕语少纳言大伴宿祢家持曰："昔闻此言，即诵此歌也。"

---

1. 天平胜宝五年：753 年。
2. 藤原朝臣：藤原仲麻吕。
3. 少主铃：中务省的役者，相当于正八位上。与大主铃共位于少纳言之下。负责管理驿铃和内外印。

八月十二日[1]，二三大夫[2]等各提壶酒登高圆野[3]，聊述所心作歌三首

4295　吹弄高圆的芒草

　　　　秋风解开了纽带

　　　　虽然不是亲手宽衣

此一首，左京少进大伴宿祢池主。

1. 八月十二日：阳历九月十七日。
2. 大夫：四位和五位的官人才称大夫，大伴池主当时是七位，不应算在内。
3. 高圆野：高园山一带的原野。圣武多病之前曾行幸高园离宫。家持等诸官可能因此缘由才登山作歌。

云中大雁鸣叫　　4296

高圆的胡枝子

　下端的枝叶

变成红叶了吗

此一首，左中弁中臣清麻吕[1]朝臣。

踏黄花龙芽胡枝子　　4297

鸣鹿正抖落露水吧

　在高圆的原野

此一首，少纳言大伴宿祢家持。

1. 左中弁中臣清麻吕：在卷十九·4257 歌名中是左大弁。清麻吕为左
中弁的时间为天平胜宝六年（754 年）。

六年正月四日[1]，
氏族人等贺集于少纳言大伴宿祢家持之宅宴饮歌三首

4298 霜上飞落的冰霰

在不断增厚

我去登门拜访吧

此后来日方长

（古今未详[2]。）
此一首，左兵卫督大伴宿祢千室。

1. 六年正月四日：天平胜宝六年（754 年）阳历二月四日。大伴家持三十七岁。
2. 古今未详：是古歌还是千室的创作不明。

岁月来又去　　4299

见到思念的你

相见看不够

此一首，民部少丞大伴宿祢村上[1]。

云霞映照的新春　　4300

今日能相见

想来兴奋不已

此一首，左京少进大伴宿祢池主[2]。

1. 大伴宿祢村上：民部少丞是民部省的三等官。前出，见卷八·1436
注释。
2. 大伴宿祢池主：前出，见卷八·1590 注释。

七日，天皇太上天皇皇太后[1]在于东常宫南大殿[2]肆宴歌一首

4301　印南野的橡树

　　　　红叶有时节

　　　　我对大君的思念

　　　　不分任何时节

此一首，播磨国守安宿王[3]奏。（古今未详。）

1. 天皇太上天皇皇太后：依次为孝谦天皇、圣武天皇、光明皇太后。
2. 东常宫南大殿：为天皇的起居之处。
3. 安宿王：长屋王之子，母亲是藤原不比等的女儿。天平九年（737年）从五位下，历任玄蕃头、治部卿、中务大辅等职，天平胜宝三年（751年）正四位下，同年五月任播磨守。翌年九月兼任内匠头，天平胜宝八年任赞歧守。天平宝字元年（757年）因橘奈良麻吕之变的牵连被流放佐渡。后被赦复位，赐姓高阶真人。

三月十九日[1]，家持之庄门槻树下宴饮歌二首

精心培育棣棠　　4302
一直精心呵护
等你不断来访
请插在头上

此一首，置始连长谷[2]。

你屋前的棣棠开放　　4303
会不断来访吧
每年都如此

此一首，长谷[3]攀花提壶到来。因是大伴宿祢家持作此
歌和之。

1.三月十九日：阳历四月二十日。
2. 置始连长谷：所传不详。天平十一年（739 年）十月，光明皇后主
办的维摩讲法会佛前唱歌的人名中可见此人。参见卷八·1594 左注。
3. 长谷：指置始连长谷。

同月二十五日，
左大臣橘卿宴于山田御母¹之宅歌一首

4304　棣棠花盛开

如此与你相见

愿能到千年

此一首，少纳言大伴宿祢家持瞩时花作。
但未出之间，大臣罢宴而不举诵耳。

咏霍公鸟歌一首

4305　树木茂密的山岭

布谷鸟鸣叫而过

好像现在刚飞来

此一首，四月大伴宿祢家持作。

1.山田御母：孝谦天皇的乳母山田史比卖岛。

红叶小鸟　伊藤若冲

七夕歌八首

4306　初秋风凉的夜晚
　　　　解开了纽带
　　　　为了和阿妹相会

4307　说起秋天心痛
　　　　把你视为花朵
　　　　更想相见吧

4308　望初放的芒穗
　　　　好像天上的银河
　　　　长年相隔离

4309　秋风吹弄着
　　　　河边柔软的草
　　　　让人笑逐颜开

立秋升起云雾　4310
天河有踏脚石
会不断相会吧

正值秋风起　4311
眼下能快来吗
解开纽带等待
月亮已西斜

秋草沾白露　4312
相见看不够
等相会的月份

碧波浸湿衣袖　4313
挥桨划船时
没夜阑更深吧

此歌，大伴宿祢家持独仰天汉作之。

4314   种植各种草木

        四时欣赏花开

        此一首，同月¹二十八日，大伴宿祢家持作之。

4315   宫人的长衣袖

        辉映秋天的胡枝子

        在高圆的宫殿

4316   高圆的宫殿周围

        原野的山丘上

        黄花龙芽盛开

4317   现在就去秋野

        看宫里的男女们

        花儿映照的身姿

1.同月：指七月。

还没摘秋野上　4318
沾露的胡枝子
　要白白错过
盛开的花期吗

高圆的秋野上　4319
蒙蒙的晨雾里
　求偶的雄鹿
在那里出没吗

大丈夫发出呼喊　4320
雄鹿用胸脯拨开
秋野上的胡枝子吗

此六首歌，兵部少辅[1]大伴宿祢家持独忆秋野，聊述拙怀作之。

1. 兵部少辅：兵部省的次官。在写成这些歌的前四个月大伴家持被任命为兵部少辅。

天平胜宝七岁[1]乙未二月，
相替遣筑紫诸国防人[2]等歌

4321　奉命明日出发

　　　将拥茅草而眠吗

　　　阿妹不在身边

此一首，国造丁[3]长下郡[4]物部秋持。

1. 天平胜宝七岁：755 年。大伴家持三十八岁。
2. 防人：当时，为了防备别国进攻，日本中央朝廷在对马、壹歧及北
九州沿岸配置了防军，共约三千人。这三千人轮流执行防守任务。武
器和到难波的旅费自行解决，各国司率领兵士在难波港集合后，由专
使领至大宰府，交给防人司管理。防人歌，不仅是防人唱的歌，也包
括防人的亲属们所作的歌。
3. 国造丁：即来自国造家的正丁。国造，是大化革新前的地方首长。
正丁，指二十一岁以上的男子。从歌作者的排序来看，国造丁、主账
丁、上丁的排列编制反映了大化前国造军的编制状态。
4. 长下郡：即长田下郡，后并入滨松市磐田郡。

温泉旅馆　桥口五叶

4322   好像阿妹在苦恋

饮水也望见身影

让人难以忘怀

此一首，主账丁[1] 粗玉郡[2] 若倭部[3] 身麻吕。

4323   鲜花四季开放

称为母亲的花

为何不盛开

此一首，防人[4] 山名郡[5] 丈部麻吕。

1. 主账丁：即郡的主账代理，在防人集团中可能主要负责庶务和会计。
《军防令》规定："主账取巧于书算者谓，兵满一千主账二人。"
2. 粗玉郡：后分属于引佐、滨名、磐田三郡。
3. 若倭部：主要分布在远江国，可知此人是远江国派遣的防人。
4. 防人：远江的"防人"一称相当于其他诸国的"上丁"。
5. 山名郡：归属今小笠郡。

远江白羽[1] 的礁矶　　4324

　　如果和赞浦相连

　　可以互通音信

此一首，同郡丈部川相。

父母若是花朵　　4325

　　枕草而眠的旅途

　　双手捧持而行

此一首，佐野郡丈部黑当[2]。

如同父母屋后　　4326

　　生长的百代草[3]

　　请长寿百年

　　直到我归来

此一首，同郡生壬部足国。

1. 白羽：远江国有三处叫白羽的地方，是哪一处不明。

2. 丈部黑当：佐野郡在小笠郡北，小夜的中山一带。丈部黑当所传
不详。

3. 百代草：植物种类不明。在这里用作序词，以百代草引导出后一句
的长寿百年。

4327　　能有空画阿妹

　　　　我在旅途上

　　　　边看边思恋

　　此一首，长下郡物部古麻吕。
　　二月六日，防人部领使[1]远江国史生[2]坂本朝臣人上进歌
　　数十八首。但有拙劣歌十一首不取载之。

4328　　遵从大君的旨令

　　　　穿过礁丛航海

　　　　将父母留在家中

　　此一首，助丁[3]丈部造人麻吕。

1. 防人部领使：负责输送防人。
2. 史生：管理文书的官吏。
3. 助丁：次于国造丁的等级。

各国在难波集结　　4329

装备舟船的日子

能有人看见我吗

此一首，足下郡[1]上丁丹比部国人。

在难波港整装　　4330

今天就出发吗

没有母亲目送

此一首，镰仓郡[2]上丁丸子连多麻吕。二月七日，相模国
防人部领使守从五位下藤原朝臣宿奈麻吕[3]进歌数八首。
但拙劣歌五首者不取载之。

1. 足下郡：即今神奈川县足柄下郡。上丁是对一般士兵的称呼。
2. 镰仓郡：相模国旧郡名。大致相当于今神奈川县镰仓市。
3. 藤原朝臣宿奈麻吕：式家藤原宇合的次子。天平十二年（740 年）
因受其兄广嗣的谋反的牵连被流放到伊豆。天平十四年被免罪，任
大宰少判事。天平十八年从无位下，任上总守。天平胜宝四年（752 年）
十一月任相模守，作为防人部领使收集提出防人歌。此后又历任民
部少辅、右中弁、上野守、大宰帅等职。天平神护二年（766 年）从
三位，宝龟元年（770 年）任参议，改名为良继。宝龟八年内大臣从
二位在任时殁。六十二岁，获追赠从一位冠位。

追痛防人悲别之心作歌一首并短歌

4331 大君遥远的官厅
　　　筑紫国筑城御敌
　　　治理天下四方
　　　聚满各国民众
　　　数东国的儿郎
　　　杀敌奋不顾身
　　　被誉为勇士
　　　奉命离别母亲
　　　也不能和阿妹共枕
　　　数着度过的日月
　　　在难波的三津
　　　大船插满楫桨
　　　清晨海面风停
　　　集合全体水手
　　　黄昏海面浪静
　　　齐声奋力划桨
　　　一同劈波斩浪
　　　早日赶往筑紫
　　　遵从大君的旨令
　　　大丈夫充满信心
　　　继续四处巡视
　　　完成任务请归来

斋瓷安置在床边
折叠起白衣袖
整日披散黑发
思恋中焦急等待
可爱的阿妹啊

4332　大丈夫身背箭囊

　　　出征惜别的时刻

　　　叹息的阿妹啊

4333　东国的儿郎

　　　与阿妹道别

　　　充满悲伤吧

　　　岁月太漫长

　　　此歌，二月八日，兵部使少辅大伴宿祢家持。

4334　长年远渡重洋

　　　阿妹结的纽带

　　　决不能解开

4335　换防的新防人

　　　正乘船出航

　　　海面别起波浪

4336　防人在堀江出航

　　　操桨划伊豆手舟

　　　心里充满思恋

　　　此歌，九日，大伴宿祢家持作之。

4337　匆匆忙忙出发

　　　未能和父母道别

　　　如今懊悔不已

　　　此一首，上丁有度部[1]牛麻吕。

4338　离开牟良自的礁矶

　　　离开母亲多悲伤

　　　此一首，助丁生部道麻吕。

1. 有度部：有度郡的豪族有度君支配下的部民后裔。有度君相当于今静冈县东南部一带地域。

燕雀野鸭小凫　4339
在国中巡回
到归来的时候
请斋戒等待

此一首，刑部虫麻吕。

请父母耐心等待　4340
到取来筑紫海中
白色珍珠的日子

此一首，川原虫麻吕。

将父母留在　4341
橘的美袁利乡里
漫漫长路难行

此一首，丈部足麻吕。

4342　杉木柱建宫殿
　　　祝愿坚固不摧
　　　希望母亲大人
　　　容颜永远不改

　　　此一首，坂田部首麻吕。

4343　我在旅途思念家中
　　　为照料孩子而消瘦
　　　可怜的阿妹啊

　　　此一首，玉作部广目。

4344　想方设法忘记
　　　行进在荒山野岭
　　　怎么能忘记父母

　　　此一首，商长首麻吕。

母与子　礒田湖龙斋

4345　和阿妹二人眺望

　　骏河的山岭

　　令人怀恋不已

　　此一首，春日部麻吕。

4346　父母抚首祝福

　　叮咛的话语

　　怎么能忘记

　　此一首，丈部稻麻吕。

　　二月七日，骏河国防人部领使守从五位下布势朝臣人主，
　　实进九日[1]，歌数二十首。但拙劣歌者不取载之。

在家中思恋不已　4347

想变成一柄大刀

佩在你身上护佑

此一首，国造丁日下部使主三中之父歌。

与母亲离别　4348

旅途的茅庐里

怎么能安寝

此一首，国造丁日下部使主三中。

1. 实进九日：实际上提交歌作的时间是九日。

4349　　穿越蜿蜒的路

　　　　驶过八十座海岛

　　　　正离别远去吗

　　　　此一首，助丁刑部直三野。

4350　　给庭中的足羽神

　　　　插上小柴枝

　　　　我洁身祈愿

　　　　直到平安归来

　　　　此一首，账丁[1]若麻绩部诸人。

4351　　着八重行装而眠

　　　　依觉肌肤寒

　　　　阿妹不在身边

　　　　此一首，望陀郡[2]上丁玉作部国忍。

　　　　1.账丁：即主账丁或主账。
　　　　2.望陀郡：即今千叶县君津郡北部。

路边的荆棘丛　4352

攀附着豆荚

要离你而去吗[1]

此一首，天羽郡[2]上丁丈部乌。

家乡来的风　4353

日日在吹拂

阿妹的家书

没有人送来

此一首，朝夷郡[3]上丁丸子连大岁。

匆匆出发时　4354

见阿妹的心情

让人无法忘记

此一首，长狭郡[4]上丁丈部与吕麻吕。

1. "路边的荆棘丛"三句：攀附的豆荚与爱人相呼应，恩爱相依的男
女和强被扯断的豆蔓的景象形象生动。
2. 天羽郡：位于今千叶县君津郡南部。
3. 朝夷郡：在今安房郡东南部，归上总国统领。
4. 长狭郡：在今安房郡东部。

4355　能眼望着离去吗

　　　　难波的海滩

　　　　不是云间的海岛

　　　　此一首，武射郡[1]上丁丈部山代。

4356　母亲用衣袖拭泪

　　　　为我哭泣的心情

　　　　让人无法忘记

　　　　此一首，山边郡[2]上丁物部乎刀良。

4357　想起哭泣的阿妹

　　　　站在苇垣的一角

　　　　泪水浸湿了衣袖

　　　　此一首，市原郡[3]上丁刑部直千国。

1. 武射郡：是上总国的旧郡名，今千叶县山武郡的北部。
2. 山边郡：是上总国的旧郡名，今千叶县山武郡九十九里滨一侧及东金市一带。
3. 市原郡：是上总国的旧郡名，国府的所在地。相当于今千叶县市原市的一部分区域。

遵从大君的旨令　　4358

出发的时刻

抱住我不放

哭泣的阿妹啊

此一首，种淮郡¹上丁物部龙。

驶向筑紫的船　　4359

何时能完成任务

船头朝向家乡

此一首，长柄郡²上丁若麻绩部羊。二月九日，上总国防人部领使少目³从七位下茨田连沙弥麻吕进歌数十九首。但拙劣歌者不取载之。

都南・马込　高桥松亭

陈私拙怀一首并短歌

4360　　远古皇祖时代

在难波御统天下

至今传诵不绝

说出来也敬畏

身为神灵的大君

初春的时节

各色鲜花盛开

望高山令人向往

望河川清澈秀丽

万物欣欣向荣

纵览心情舒畅

都城难波的宫殿

御统四方诸国

进奉贡物的船只

沿堀江水路航行

清晨水面风平

挥桨向前划

黄昏水面浪静

掉棹顺流而下

如喧闹的鸭群

到岸边瞭望海面

重重白浪里

浮现渔夫的小舟

为供奉御膳

在四处垂钓

望土地如此辽阔

看山川如此丰饶

眼见这番景色

神代的初始

当在这里建都

4361　櫻花正盛开

　　　御统天下的宫殿

　　　辉映着难波海

4362　望海面丰饶的景象

　　　想在难波过上一年

　　　此歌，二月十三日，兵部少辅大伴宿祢家持。

4363　船在难波港下水

　　　正插满楫桨出航

　　　真想去告诉阿妹

4364　防人匆忙出发

　　　没向阿妹交待

　　　家中的生计

　　　此二首，茨城郡[1] 若舍人部广足。

　　　1.茨城郡：是常陆国的旧郡名。包括今茨城县新治郡及东西两茨城郡
　　　在内的区域。

船在难波港装备　　4365
我已启航出发
真想告诉阿妹

飞向常陆的大雁　　4366
记住我的思恋
快去告诉阿妹

此二首，信太郡[1]物部道足。

1. 信太郡：是常陆国的旧郡名。相当于今茨城县龙之崎及稻敷郡的部
分区域。

4367　忘记我的面容时

　　　去仰望筑波山

　　　请阿妹将我思念

　　　此一首，茨城郡占部小龙。

4368　久慈川等待不变

　　　海船插满楫桨

　　　我就要归来

　　　此一首，久慈郡[1]丸子部佐壮。

　　1.久慈郡：是常陆国的旧郡名，包括今茨城县久慈郡及常陆太田市的部分区域。

筑波山的百合花　　4369

夜床上可爱的阿妹

白天里依然可爱

祈求鹿岛的神灵　　4370

成为天皇的士兵

我已经赶来

此二首，那贺郡[1]上丁大舍人部千文。

橘树下香风吹送　　4371

能不思恋筑波山

此一首，助丁占部广方。[2]

1. 那贺郡：是常陆国旧郡名，包括茨城县那珂郡、常陆那贺市及水户
市的部分区域。
2. 左注中，此首上丁的歌配列在一般兵士之后属于违例。

云表　吉田博

4372   越过足柄的山坡

回首望不见故乡

翻山越岭而去

再勇猛的儿郎

也会望而却步

我越过不破关

在筑紫崎驻守

心中虔诚祈祷

诸位平安无事

直到归来的时候

此一首，倭文部可良麻吕。

二月十四日，常陆国部领防人使[1]大目正七位上息长真人国岛进歌数十七首。但拙劣歌者不取载之。

1.部领防人使：与前出的防人部领使同义。因常陆国为大国，设有大目和少目两职位，大目相当于从八位上。

今日义无反顾　　4373

身为大君的卫士

我踏上了征途

此一首，火长[1]今奉部与曾布。

向天地神灵祈祷　　4374

把箭插入箭囊

我奔向筑紫岛

此一首，火长大田部荒耳。

看见并立的松树　　4375

如同看见家人

并排目送我

此一首，火长物部真岛。

1. 火长：率兵士十人。

4376　不知旅途漫长

　　　　没和父母道别

　　　　如今懊悔不已

　　　　此一首，寒川郡[1]上丁川上臣老。

4377　愿母亲为珍珠

　　　　插在头顶上

　　　　卷入发髻中

　　　　此一首，津守宿祢小黑栖[2]。

4378　日月昼夜逝去

　　　　父母珍珠的身姿

　　　　让人无法忘记

　　　　此一首，都贺郡[3]上丁中臣部足国。

1. 寒川郡：是下野国的旧郡名，相当于今枥木县下都贺郡南半部，包括枥木和小山两市在内。
2. 津守宿祢小黑栖：所传不详。出身郡名与川上臣老相同，因此被省略。
3. 都贺郡：为下野国的郡名，今枥木县上都贺郡及上田市一带。

白浪涌向岸边　4379

不得不分别时

几度挥动衣袖

此一首，足利郡[1]上丁大舍人部祢麻吕。

驶出难波港　4380

望神圣的生驹峰

笼罩在白云中

此一首，梁田郡[1]上丁大田部三成。

各国防人集结　4381

看乘船离别时

令人徒伤悲

此一首，河内郡[1]上丁神麻绩部岛麻吕。

1. 足利郡：下野国的旧郡名，今枥木县足立市一带。

2. 梁田郡：下野国的旧郡名。今枥木县足立市的西部，一部分被编入

群马县桐生市。

3. 河内郡：下野国的旧郡名，今枥木县河内郡及宇都宫市的一部分。

4382　布多的长官[1]

　　是个无情的人

　　我正患急病

　　被派去当防人

　　此一首，那须郡[2]上丁大伴部广成。

4383　摄津国的海滨

　　船正准备出发

　　想看一眼母亲

　　此一首，盐屋郡[3]上丁丈部足人。

　　二月十四日，下野国防人部领使正六位上田口朝臣大户[4]
　　进歌数十八首。但拙劣歌者不取载之。

1. 布多的长官：第一句的原文表记是"布多富我美"，语意难解。译者
按泽泻久孝氏的解释译出。
2. 那须郡：下野国的旧郡名，包括今栃木县那须郡及大田原市一带。
3. 盐屋郡：下野国的旧郡名，包括今栃木县盐谷郡及矢板市一带。
4. 田口朝臣大户：天平宝字四年（760 年），正六位上升至从五位下。
天平宝字六年正月忍日向国守。天平宝字七年正月任兵马者正。天
平宝字八年正月任上野介。

破晓前的微光里　4384

驶向岛影的船

不知境况如何

此一首，助丁海上郡[1] 海上国造[2] 他田日奉直得大理。

前方别涌起浪涛　4385

身后留下了妻儿

此一首，葛饰郡[3] 私部石岛。

门前的五棵柳树　4386

母亲每时每刻

边思念边劳作吗

此一首，结城郡[4] 矢作部真长。

1. 海上郡：是下总国的旧郡名，今千叶县海上郡及铫子市和旭市一带。

2. 海上国造：是下总国东部旧海上郡的豪族。

3. 葛饰郡：是下总国的旧郡名，包括今千叶县东葛饰郡、松户市、市川市、东京都葛饰区、江户川区、埼玉县北葛饰郡等江户川下游沿岸地域。

4. 结城郡：是下总国的旧郡名，包括茨城县结城郡及结城市的一部分。

4387   千叶的原野上

柏树的嫩芽

留下纯真的阿妹

来到了远方

此一首，千叶郡[1]大田部足人。

4388   旅行说来轻松

我的旅途漫长

家中的阿妹

为我穿的衣服

已经积下污垢

此一首，占部虫麻吕。

4389   如白浪越过船头

突然接到命令

出乎人的意料

此一首，印波郡[2]丈部直大麻吕。

1. 千叶郡：是下总国的旧郡名，包括今千叶市、习志野市的一带。
2. 印波郡：是下总国的旧郡名，包括今千叶县印旛郡及佐仓、成田两
市的一部分。

児島高徳像久　保田米仙

4390　门枢上的钉子

　　　坚固不动摇

　　　阿妹会变心吗

　　　此一首，猿岛郡[1]刑部志加麻吕。

4391　向各国神社的神灵

　　　敬献币帛祈祷

　　　可爱的阿妹啊

　　　此一首，结城郡[2]忍海部五百麻吕。

4392　祈祷天地各方神灵

　　　能和亲爱的母亲

　　　再倾诉衷肠

　　　此一首，埴生郡[3]大伴部麻与佐。

1. 猿岛郡：是下总国的旧郡名，今茨城县猿岛郡及古河市一带。
2. 结城郡：前出，见卷二十・4386 注释。
3. 埴生郡：是下总国的旧郡名，包括今千叶县印𣘐郡及佐仓、成田两市的各一部分区域。

大君发出旨令　4393

留下母亲和斋瓷

踏上了征程

此一首，结城郡[1]雀部广岛。

听从大君的旨令　4394

抱弯弓而眠吗

这漫长的夜晚

此一首，相马郡[2]大伴部子羊。二月十六日，下总国防人部领使少目从七位下县犬养宿祢净人[3]进歌数二十二首。但拙劣歌者不取载之。

1.结城郡：前出，见卷二十・4386 注释。
2.相马郡：是下总国的旧郡名，包括今茨城县北相马郡及千叶县东葛饰郡一带。

独惜龙田山樱花歌一首

4395　翻越龙田山

一路看樱花

会飘散凋零吗

在我归来的时候

独见江¹水漂浮粪，怨恨贝玉不依²作歌一首

4396　堀江清晨满潮

漂浮的木屑

如果是珠贝

可以作礼物

---

1. 江: 指难波的堀江。
2. 怨恨贝玉不依: 怨恨贝壳未随浪涌上岸边。贝玉, 指漂亮的贝壳。

在馆门见江南[1]美女作歌一首

远远望过去　　**4397**

对面山上花开

花丛辉映着

谁家的阿妹

此三首，二月十七日兵部少辅大伴家持作之。

1. 江南：指堀江的南岸。小岛宪之指出，这首歌明显受中国诗的影响。三国时期曹植《杂诗七首·其四》中有"南国有佳人，容华若桃李"，《文选》中李善注"南国谓江南也"。大伴家持很可能是在相近的歌境下作成了此歌。

为防人情陈思作歌一首并短歌

4398　遵从大君的旨令
　　　与阿妹悲伤离别
　　　大丈夫心潮澎湃
　　　整装走出家门
　　　慈母抚首相送
　　　阿妹紧紧相拥
　　　我们会祈祷祝福
　　　愿早日平安归来
　　　举起双袖拭泪
　　　已经泣不成声
　　　让人不忍离去
　　　频频回首相望
　　　远远离开家乡
　　　翻越座座高山
　　　到芦花飞的难波
　　　黄昏的潮水中
　　　拴稳漂浮的船
　　　清晨风平浪静
　　　调船头准备出航
　　　我们在这里等待
　　　看春雾环绕海岛
　　　听鹤放声悲鸣
　　　思念遥远的家乡
　　　身上背负的鸣镝
　　　发出深深的叹息

群鶴　伊藤若冲

4399　海面云雾笼罩

　　　　鹤悲鸣的夜晚

　　　　让人思念故乡

4400　思乡难入眠

　　　　望不见鹤鸣的苇丛

　　　　在春天的烟霞里

　　　此歌，十九日兵部少辅大伴宿祢家持作之。

4401　留下揪住韩衣裾

　　　　哭号不休的孩子

　　　　又没有母亲照料

　　　此一首，国造[1] 小县郡[2] 他田舍人大岛。

1. 国造：与国造丁同。
2. 小县郡：是信浓国的旧郡名，包括今长野县的小县郡及上田市。

在神坡献币帛　　4402

保佑我这条命

为了父母大人

此一首，主账埴科郡[1] 神人部子忍男。

遵从大君的旨令　　4403

翻青云缭绕的山

此一首，小长谷部笠麻吕。二月二十二日，信浓国防人部领使上道，得病不来[2]，进歌数十二首。但拙劣歌者不取载之。

1. 埴科郡：是信浓国的旧郡名，即今长野县埴科郡及更埴市。
2. "信浓国防人部领使上道"二句：信浓国防人部领使从信浓出发后病倒，未能到达难波。

4404　去难波归来时
　　　　阿妹结的纽带
　　　　已经断开了

　　　　此一首，助丁上毛野牛甘。

4405　阿妹说请思念
　　　　结好了纽带
　　　　变成了丝线
　　　　我也不解开

　　　　此一首，朝仓益人。

4406　有去我家乡的人吗
　　　　想转告旅途的凄苦

　　　　此一首，大伴部节麻吕。

越过碓冰山坡[1]时 4407

恋恋不舍的阿妹

让人无法忘记

此一首，他田部子磐前。二月二十三日，上野国防人部
领使大目正六位下上毛野君骏河进歌数十二首。但拙劣
歌者不取载之。

1.碓冰山坡：原文为"碓冰坂"，位于上野与信浓之间。上野国靠近东
山道，穿过信浓便能到达难波。

陈防人悲别之情歌一首并短歌

4408　听从大君的旨令

　　　　我去守卫海岛

　　　　母亲撩起衣裾抚摸

　　　　父亲泪沾白须叹息

　　　　像小鹿仔一样

　　　　清晨独自出门

　　　　长年不能相见

　　　　该让人多么思念

　　　　至少今天能交谈

　　　　悲伤依依惜别

　　　　妻儿们围在一起

　　　　如春鸟放声哭泣

　　　　泪水浸湿了衣袖

　　　　握手难舍难分

　　　　希望能够挽留

　　　　遵从大君的旨令

　　　　踏上蜿蜒的旅途

　　　　几度回首张望

　　　　远远离开家乡

　　　　思乡心神不安

　　　　怀恋心中凄苦

　　　　身为世间凡人

命运难以预料

惊险的海面上

沿海岛航行

等我归来时

愿父母平安无恙

妻儿耐心等待

向住吉神社的神灵

敬献币帛祈祷

船在难波港下水

船上插满了楫桨

清晨集合水手

我已经离港启航

希望告知家人

小鹿　铃木其一

是家人的祈祷吧　　4409
　船儿平安启航
想告知父母大人

　　天空的行云　　4410
人说可以召唤
给家人的礼物
不知该怎么办

给家人作礼物　　4411
　去采拾珍珠
　海边的波浪
　一浪高过一浪

在岛荫里泊船　　4412
没有使者传信
一路思恋航行吗

二月二十三日，兵部少辅大伴宿祢家持。

4413　腰间佩带大刀

　　　　不知心爱的人

　　　　何月能归来

　　　　此一首，上丁那珂郡[1]桧前舍人石前之妻大伴部真足女。

4414　遵从大君的旨令

　　　　和心爱的人分手

　　　　沿着海岛航行

　　　　此一首，助丁秩父郡[2]大伴部小岁。

4415　如手持珍珠观赏

　　　　想见到家中的阿妹

　　　　此一首，主账荏原郡[3]物部岁德。

1.那珂郡：是武藏国的旧郡名，相当于今埼玉县儿玉郡东南部一带。
2.秩父郡：是武藏国的旧郡名，包括今埼玉县秩父郡及秩父市一带。
3.荏原郡：是武藏国的旧郡名，包括今东京都大田区、品川区、目黑区、世田谷区一带。

旅途中的你　4416

一路和衣而卧

身在家中的我

不解衣纽而眠

此一首，妻[1]椋椅部刀自卖。

在山野放牧赤驹　4417

无法捕捉回来

正在徒步穿越

多摩的横山吗

此一首，丰岛郡[2]上丁椋椅部荒虫之妻宇迟部黑女。

1. 妻：为何人之妻不明。武藏国的歌中，有四组夫妻的歌，除了卷二十·4423（夫）和卷二十·4424（妻）的一组外，其他三组的内容都不吻合。
2. 丰岛郡：是武藏国的旧郡名，以今东京都丰岛区为中心，包括荒川、板桥、文京及北区在内的地域。

4418　我门前的山茶花[1]

　　　　真的没有触摸你

　　　　就落到地上了吗

　　　　此一首，荏原郡上丁物部广足。

4419　在家里烧苇柴

　　　　居住也舒适

　　　　到筑紫会思恋吧

　　　　此一首，橘树郡[2]上丁物部真根。

4420　旅途和衣而眠

　　　　如果衣纽断开

　　　　想着是我用手缝

　　　　请带上这根针

　　　　此一首，妻椋椅部弟女。

1. 山茶花：喻自己所爱的女子。

2. 橘树郡：是武藏国的旧郡名，包括今神奈川县川崎市及横滨市（除户冢区外）的大部分地域。

我踏上了旅途　　4421

如果心中苦闷

遮掩足柄山的云

边观望边思恋

此一首，都筑郡[1]上丁服部于田。

你被派往筑紫　　4422

不解心爱的纽带

辗转难入眠吧

此一首，妻服部呲女。

站在足柄的山坡　　4423

用力挥动着衣袖

家中的阿妹

能看清楚吗

此一首，埼玉郡[2]上丁藤原部等母麻吕。

1. 都筑郡：是武藏国的旧郡名，今横滨市保土谷、旭、绿等一带地域。
2. 埼玉郡：是武藏国的旧郡名，包括今埼玉县的南北埼玉郡及行田、
加须、羽生、岩槻、春日部、越谷等地域。

4424　你身上的衣服

　　　　染成深色该多好

　　　　翻越山坡时

　　　　能看得更真切

　　　　此一首，妻物部刀自卖。
　　　　二月二十日，武藏国部领防人使橡正六位上安昙宿祢三国
　　　　进歌数二十首。但拙劣歌者不取载之。

4425　是谁家的夫君

　　　　前去当防人

　　　　问话人让人羡慕

　　　　没有任何忧虑

4426　向天地神灵

　　　　奉献上币帛

　　　　请你不断祈祷

　　　　如果思念我

家中的阿妹　**4427**
好像正思念我
看扎紧的纽带
已经松开了

你被派往筑紫　**4428**
不解心爱的纽带
辗转难入眠吗

马厩里的马驹　**4429**
扯开了缰绳
怎么能够留下
不顾阿妹请求
让人感到悲伤

大丈夫夹箭矢　**4430**
立定朝向目标
四下鸦雀无声
我踏上了征程

4431　细竹叶飒飒响

　　　　降下寒霜的夜晚

　　　　身穿七重衣裳

　　　　也不比阿妹的肌肤

4432　无法抗拒命令

　　　　离开亲爱的阿妹

　　　　以手为枕的怀抱

　　　　让人多么悲伤

　　　　此八首，昔年防人歌矣。主典[1]刑部少录[2]正七位上磐余伊美吉诸君抄写，赠兵部少辅大伴宿祢家持。

1. 主典：相当于四等官。
2. 刑部少录：刑部是负责判刑定狱、囚禁、良民贱民的户籍管理及处理负债问题的机构，少录是下级官吏，设在大录之下二人。

秋枫　柴田是真

三月三日，
捡校防人敕使并兵部使人等同集饮宴[1] 作歌三首

4433 想变成云雀

朝朝飞向天空

一直飞到都城

去去就归来

此一首，敕使紫微大弼安倍沙美麻吕朝臣[2]。

4434 云雀飞向天空

明媚的春天

望不见都城

笼罩在烟霞中

4435 我出来的时候

花蕾含苞欲放

凋零散落后

才能回都城吧

此二首，兵部使少辅大伴宿祢家持。

1. 捡校防人敕使并兵部使人等同集饮宴：检察防人事务的敕使及兵部
使等共聚宴饮。捡校，即检校。
2. 安倍沙美麻吕朝臣：天平胜宝元年（749 年），模仿唐制设紫微中台。
当时与光明皇后的势力结合在一起，藤原仲麻吕为压制左大臣橘诸
兄的力量，自己做上了紫微中台的长官。紫微大弼为首席次官，定
员二人。安倍沙美麻吕又记作安倍佐美麻吕，天平九年（737 年）从
五位下，天平十年为少纳言。天平胜宝元年从四位上。天平宝字元
年（757 年）升为参议。宝字二年，任中务卿正四位下时殁。

昔年相替防人歌一首

旅途如同黑夜　　4436
让人难以预料
何时才能归来
询问我的阿妹

先太上天皇¹御制霍公鸟歌一首
（日本根子高瑞日清足姬天皇²也。）

布谷鸟请继续鸣叫　　4437
仿佛唤故人的名字
让我失声哭泣

1. 先太上天皇：即元正天皇。当时的太上天皇是圣武天皇。
2. 日本根子高瑞日清足姬天皇：是元正天皇的和风式称号。

萨妙观[1] 应诏奉和歌一首

4438　布谷鸟来近处鸣叫

过了这个时节

还有什么意义

1.萨妙观：内命妇，归化人。养老七年（723 年）正月从五位上。神龟元年（724 年）得赐姓河上忌寸。天平九年正五位下。岩波书店《日本古典文学大系》认为"萨"与"薛"同。

冬日幸于靫负御井¹ 之时，
内命妇石川朝臣² 应诏赋雪歌一首

（讳曰邑婆。）

松枝压弯到地上 4439

不来看下雪

阿妹在隐居吗

于时，水主内亲王³ 寝膳不安，累日不参。因以此日，太上皇⁴ 敕侍孺等曰，为遣水主内亲王，赋雪作歌奉献者。于是，诸命妇等不堪作歌，而此石川命妇独作此歌奏之。

此四件者，上总国大椽正六位上大原真人今城⁵ 传诵云尔。（年月不详。）

1. 靫负御井：据推测，可能是卫门府附近的井。
2. 内命妇石川朝臣：即石川郎女，嫁给大伴安麻吕，生下坂上郎女。在后宫，五位以上的妇人可为内命妇。
3. 水主内亲王：天智天皇的皇女，天平九年（737年）二月受赐三品，八月薨。
4. 太上皇：如按照纪事的时间算，应该是圣武上皇。但是按石川郎女在世的时间推算应该是元正天皇。
5. 大原真人今城：天平末年至天平胜宝年间历任兵部少丞、上总大椽和兵部大椽等职。天平宝字元年（757年）从五位下治部少辅，天平宝字七年任左少弁和上野守。天平宝字八年从五位上。因受藤原仲麻吕谋乱的牵连被除名。宝龟二年（771年）复位，三年后为骏河守。也有人认为他与今城王为同一人物，无确论。

兎　小林古径

上总国朝集使大椽大原真人今城向京之时，
郡司妻女等饯之歌二首

翻越足柄的群山　**4440**
把谁能看成你
心中思慕不已

你优雅的身姿　**4441**
让人无法忘记
会终生思恋吧

4442　你园中的红瞿麦

　　　虽然连日降雨

　　　也不改变颜色

　　　此一首，大原真人今城。

4443　虽然降雨不断

　　　红瞿麦绽放如初

　　　是在思恋你

　　　此一首，大伴宿祢家持。

1.五月九日：阳历六月二十六日。

你园中的胡枝子　4444

秋天黄昏盛开时

请你想起我

此一首，大原真人今城。

黄莺鸣叫的时节　4445

以为已经过去

被陶染的心

依然在思恋

此一首，大伴宿祢家持。

4446　我园中的胡枝子

　　　　盛开作为礼物

　　　　决不能凋散

　　　　请不断盛开

此一首，丹比国人真人寿左大臣歌。

1. 左大臣橘卿：即橘诸兄。
2. 丹比国人真人：天平八年（736年）从五位下，历任民部少卿、大
宰少贰和右大弁。关于右大弁任职的记载《续日本纪》遗漏未记。天
平宝字元年（757年）从四位下，任摄津大夫。后又任远江守。因受
橘奈良麻吕谋乱的牵连，被流放到伊豆。

精心栽培瞿麦　　**4447**

不只是为花来访

你不是那样的人

此一首，左大臣和歌。

紫阳花开八重　　**4448**

希望你永远长寿

见花便想起你

此一首，左大臣寄味狭蓝花¹咏也。

1. 味狭蓝花：是"紫阳花"的表记，读作 ajisai。

十八日，
左大臣宴于兵部卿[1]橘奈良麻吕[2]朝臣之宅歌三首

4449　手持红瞿麦花观赏
　　　想仔细端详的是你

此一首，治部卿船王[3]。

4450　你园中的红瞿麦
　　　怎么会凋散
　　　鲜花绽放如初

4451　我思念你的优雅
　　　如夺目的红瞿麦花
　　　让人欣赏不够

此二首，兵部少辅大伴宿祢家持追作。

1. 兵部卿：是兵部的最高长官，《续日本纪》中未见奈良麻吕作兵部卿的记录。
2. 橘奈良麻吕：前出，见卷六·1010注释。
3. 船王：前出，见卷六·998注释。

八月十三日[1]，在内南安殿[2]，肆宴歌二首

少女们舞弄裙裾　　4452

这座庭园起秋风

花朵不断飘散

此一首，内匠头[3]兼播磨守正四位下安宿王[4]奏之。

秋风吹散满庭花　　4453

清澈的月夜里

让人看不够

此一首，兵部少辅从五位上大伴宿祢家持（未奏）。

1. 八月十三日：阳历九月二十七日。
2. 内南安殿：位于内里（禁中）南边的居殿，具体的用途不明。
3. 内匠头：内匠寮的长官，主管宫中的家具、用具的调配、修理以及
工艺品的制作。
4. 安宿王：前出，见卷二十·4301 注释。

4454　高山的岩石上

　　　　生长的菅草根

　　　　殷勤降下的白雪²

　　　　铺满了大地

　　　　此一首，左大臣作。

1.十一月二十八日：阳历翌年一月八日。
2."高山的岩石上"三句："菅草根"读作 suganone，与下一句中的"殷勤"nemukoro 中 ne 音形成同音关联，一二句为序，引导出后面的歌句。

雪中松林　玉舍春輝

天平元年[1] 班田[2] 之时，
使葛城王[3] 从山背国赠萨妙观命妇等所歌一首
（副芹子裹[4] 。）

4455
白天班田地

夜里才有余暇

采来水芹菜

萨妙观命妇报赠歌一首

4456
想必是大丈夫

在可尔波[5] 的田间

佩刀采水芹吗

此二首，左大臣读之云尔。
（左大臣是葛城王。后赐橘姓也。）

1. 天平元年：729 年。
2. 班田：当时日本模仿中国的班田制，也制定施行了自己的班田制。
按规定，将公分田配给六岁以上的国民，并根据男女性别及良民与贱
民等条件具体分配，死后充公，每六年进行修改调整。
3. 葛城王：即后来的橘诸兄。
4. 副芹子裹：副，即附。芹子，即水芹，叶和茎可食用。裹，包裹之意。
5. 可尔波：京都府相乐郡山城町绮田，因蟹满寺缘起谭而闻名。参
见《今昔物语集》卷十六的第十六话，山城国女人依观音助遁蛇难
的故事。（金伟、吴彦译《今昔物语集》，万卷出版公司 2006 年版）

天平胜宝八岁丙申二月朔乙酉二十四日戊申[1]，

太上天皇天皇大后幸行于河内离宫[2]，

经信以壬子传幸于难波宫也[3]。

三月七日，于河内国伎人乡[4]马国人[5]之家宴歌三首

住吉海滨的松树　　4457

根茎在地下延伸

我守望的原野

请不要来割草

此一首，兵部少辅大伴宿祢家持。

1. 天平胜宝八岁丙申二月朔乙酉二十四日戊申：756 年阳历四月二日。
2. 太上天皇天皇大后幸行于河内离宫：当时的太上天皇是圣武天皇，
他发出了建造卢舍那佛的诏令。《续日本纪》记载，此次行幸河内国，
临驾智识寺礼佛。又派遣内舍人于六寺诵经。又至难波宫，遣使赴摄
津国诸寺诵经，为建成大佛而祈愿。当时的天皇是孝谦天皇，大后是
光明皇后。
3. 经信以壬子传幸于难波宫也：过了两天于二十八日转幸于难波宫。
经信，即过了两天。壬子，为当月的二十八日。二十四日到二十八日，
应该是四日五宿，日期计算有误。传幸，即转幸。
4. 河内国伎人乡：即大阪市住吉区喜连町，原为吴人所居之处，因吴
人擅伎乐，因此叫作伎人乡。
5. 马国人：天平神护元年（765 年），得赐姓武生连。天平宝字八年（764
年）时，外从五位下。

4458   息长川[1] 流水不绝

　　　　与君畅谈不尽

（古新未详。）
此一首，主人散位寮散位马史国人。

4459   去堀江割芦苇

　　　　大官人都能听到

　　　　划船的桨声

此一首，式部少丞大伴宿祢池主读之。
即云，兵部大丞大原真人今城先日他所读歌者也。

1.息长川：经滋贺县坂田郡息长村（今近江町）向西流淌，因此得名。

伊豆手舟行堀江　　4460
　频频响起桨声
　　水流太湍急吗

从堀江航道出发　　4461
　逆流而上的桨声
　　让人思念奈良

百舸竞流的堀江　　4462
　来水边鸣叫的
　　是赤味鸥吧

此三首，江[1]边作之。

1. 江：指堀江。

4463　布谷鸟初鸣的清晨

怎么才能够

不飞离我家的门

让人们作佳话传开

华洛四季游乐（局部）　驹井源琦

为布谷鸟倾心   4464

在松荫下等待你

解开了纽带

月亮来到近旁

此二首，二十日，大伴宿祢家持依兴作之。

喻族歌[1]一首并短歌

4465   打开天上的门户
　　　　在高千穗山降临
　　　　从皇祖神时代起
　　　　手中持黄栌弓
　　　　手夹真鹿儿箭矢[2]
　　　　大久米的健儿们
　　　　站立在前头
　　　　肩上背箭囊
　　　　踏破山川岩石
　　　　去寻求国土领地
　　　　宣抚狂暴的神灵
　　　　镇抚叛逆的民众
　　　　扫清一切障碍
　　　　不断努力侍奉
　　　　秋津岛大和国
　　　　橿原的母傍宫
　　　　立起坚实的宫柱
　　　　治理天下的皇神
　　　　是天上日神的后裔
　　　　大君的各个时代
　　　　从不隐瞒赤心
　　　　在大君的身旁

鞠躬尽瘁侍奉

为世袭的官职

天皇明言亲授

子孙不断继承

看见的人详细传授

听说的人引为明鉴

珍惜清廉的名声

不要见识短浅

也不要有谎言

别断送祖先的名声

身负大伴的氏名

大伴的大丈夫们啊

1. 喻族歌：教导说服大伴族人的歌。喻，即训喻。
2. 真鹿儿箭矢：用于射猎鹿妇人箭矢，与黄栌弓一起出现在《古事记》
天孙降临神话的场面中。

4466　矶城岛大和国中

　　　　从不隐名埋姓

　　　　不懈努力吧

4467　锐利的大刀

　　　　要慢慢磨砺

　　　　自古光明磊落

　　　　传下来的名声

此歌，缘淡海真人三船谗言，出云守大伴古慈斐宿祢解
任。是以家持作此歌也。

◎ 关于出云守大伴古慈斐被解职一事的记录，左注和《续日本纪》的
记载不同。《续日本纪》天平胜宝八年（756 年）五月十日记载，大伴
古慈斐与淡海三船因诽谤朝廷被监禁，三天后被免。另外在大伴古慈
斐的薨传（宝龟八年，公历 777 年）称，天平胜宝年间（749—757 年），
因藤原仲麻吕诬告古慈斐诽谤朝廷而左迁。关于事实的真相诸说不一，
扑朔迷离。从解读《万叶集》的立场上来看，大伴家持相信，古慈
斐是因为三船的谗言而蒙受了不白之冤的。三年后，当藤原仲麻吕在政
治上失利时，三船因断其逃亡之路而立功。估计三船的性格既有果决
的一面，也有善变的一面。卷二十·4465 及短歌很可能是大伴家持在
训喻本族的立场上写成的案头之作。

卧病悲无常，欲修道¹作歌二首

人生短暂无常　4468

望清新的山川

想寻求正道

与光阴争朝夕　4469

寻求清净正道

为来世有缘相遇

1. 修道：指出家遁入佛门。

愿寿作歌一首

4470　身躯如同泡沫
　　　虽然明明知晓
　　　还是愿长命千岁

以前歌六首，六月十七日[1]大伴宿祢家持作。

冬十一月五日[2]夜，小雷起鸣，雪落覆庭。忽怀感怜，聊作短歌一首

4471　与消融的残雪辉映
　　　摘紫金牛来做礼物

此一首，兵部少辅大伴宿祢家持。

1.六月十七日：阳历七月二十二日。
2.冬十一月五日：阳历十二月五日。

八日，赞岐守安宿王[1]等，
集于出云椽安宿奈杼麻吕[2]之家宴歌二首

遵从大君的命令　　4472

望身后的大海湾

一路上都城

此歌，椽安宿奈杼麻吕。

想告诉都城的人　　4473

说能如期相见

此一首，守山背王歌也。主人安宿奈杼麻吕语云，奈杼
麻吕被差朝集使，拟入京师，因此饯之日，各作歌，聊
陈所心也。[3]

1.安宿王：前出，见卷二十·4301 注释。但是安宿王任赞岐守的记
载未见于《续日本纪》。
2.安宿奈杼麻吕：或称百济公奈登麻吕，天平神护元年（765 年），正
六位上升至外从五位下。小学馆《日本古典文学全集》推测，安宿王
访问奈杼麻吕宅的目的可能是想了解自己的弟弟，当时任出云守的山
背王的情况。或者，有可能是因为安宿王的乳母出自奈杼麻吕的家系。
3.左注说，此歌为当时的山背王所作。安宿奈杼麻吕说自己被任命为
朝集使，准备入京。因此在饯别之日，各自作歌聊陈心志。《续日本纪》
中也记载了山背王任出云守的事情，接任时间估计是在大伴古慈斐失
脚之后，即半年前的五月前后。

4474　如群鸟清晨出发

　　详闻你的近况

　　正如期盼的那样

此一首，兵部少辅大伴宿祢家持后日追和出云守山背王歌
作之。

二十三日，
集于式部少丞大伴宿祢池主之宅宴饮歌二首

望降落千重的初雪　4475

勾起我众多思恋

如深山芥草的花名　4476

要不断思恋你吗[1]

此二首，兵部大丞大原真人今城。

1."如深山芥草的花名"二句：第一句中的"芥草"读作 shikimi，与
第二句中的"不断"一词 shikiri 构成类音关联，引导出后面的分歌句。
另外，根据平城宫东院庭院出土的植物排名来看，芥草位于第五位，
可以想见它是当时贵族们喜爱的植物之一。

雾中树　吉田博

智努女王[1] 卒后，
圆方女王[2]悲伤作歌一首

夕雾里鸻鸟鸣叫　　4477
佐保路正荒凉吧
没有机会相见

1. 智努女王：出身系统不详。养老七年（723 年）
从四位下，神龟元年（724 年）从三位。歌名中用
了"卒后"，三位以上应该用"薨"，此处为异例。
2. 圆方女王：长屋王之女，天平九年（737 年），从
五位下升至从四位下。天平宝字七年（763 年）正
四位上，同年升至从三位。神护景云二年（768 年）
正三位。宝龟五年（774 年）薨。

大原樱井真人行佐保川边之时作歌一首

4478 渡冰封的佐保川
     我的思恋不是薄冰

藤原夫人[1]歌一首

（净御原宫御宇天皇之夫人也。字曰冰上大刀自也。）

4479 朝夕失声哭泣
     我的心已经麻木

4480 想起敬畏的御门
     朝夕失声哭泣

此件四首，传读兵部大丞大原今城。[2]

1. 藤原夫人：藤原镰足的女儿，卷二・104 的作者五百重娘的姐姐。
二人同是天武天皇的夫人。姐姐冰上大刀自生下但马皇女，薨于天武
十一年（682 年）。
2. 左注释，此四首歌的传诵者是兵部大丞大原今城。大原今城已出，
见卷八・1604。

三月四日，
于兵部大丞大原真人今城之宅宴歌一首

群峰上的山茶花　4481

　仔细观赏不够

　种植此花的你啊

此歌，兵部少辅大伴家持属[1]植椿作。

越过堀江去远方　4482

　不忘你相送的心

此一首，播磨藤原朝臣执弓[1]赴任悲别也。主人大原今城
传读云尔。

1. 属：同"瞩"。
2. 藤原朝臣执弓：出身系统不详，天平宝字元年（757年）从五位下。
正仓院文书天平宝字二年八月一日的诏书中可见，藤原仲麻吕的次子，
从五位上藤原真先的名字旁注有"弓取"，有说法认为真先与弓取是
同一人。

胜宝九岁[1]六月二十三日，于大监物三形王[2]之宅宴歌一首

4483　看时过境迁

让人心痛不已

想起从前的人

此歌，兵部少辅大伴宿祢家持作。

4484　花开也有花落时

山中的菅草根长

此一首，大伴宿祢家持悲怜物色变化作之也。

4485　四季花儿开放

越看越动人

观赏心情舒朗

伴随秋天到来

大伴宿祢家持作之。

1. 胜宝九岁: 757 年，正月的月日应该与卷二十·4481 歌名中的三月
四日相同。
2. 三形王: 大监物是监物的长官，监物属中务省，监管官物的出纳。
三形王又记作御方王，系统不详。天平胜宝元年（749 年）从五位下，
天平宝字三年（759 年）从四位下，任木工头。《续日本纪》中未见任
监物的记载。

天平宝字元年十一月十八日[1]，于内里肆宴歌二首

日月照天地　　**4486**

没有穷极时

还有何遗憾

此一首，皇太子[2]御歌。

众人别做蠢事　　**4487**

天地坚固的国度

大和国日本

此一首，内相藤原朝臣[3]奏之。

1. 天平宝字元年十一月十八日：相当于阳历翌年的正月六日。天平胜宝九年（757年）八月十八日改年号为天平宝字。
2. 皇太子：当时的皇太子是大炊王，即后来的淳仁天皇。
3. 内相藤原朝臣：即紫微内相藤原仲麻吕。紫微内相，即紫微中台的长官。

十二月十八日，于大监物三形王之宅宴歌三首

4488　降雪的冬季

只剩下今天

黄莺鸣叫的春日

从明天开始

此一首，主人三形王。

4489　春天已临近吗

今宵的月亮

会在云雾中吧

此一首，大藏大辅甘南备伊香真人[1]。

4490　进入新年迎新春

黄莺先来我家鸣叫

此一首，右中弁[2]大伴宿祢家持。

1. 甘南备伊香真人：原称伊香王，系统不详。天平十八年（746 年）从五位下雅乐头。天平胜宝元年（749 年）从五位上，天平胜宝三年得赐姓甘南备真人。后历任美作介、备前守、主税头、越中守等职。宝龟三年（772 年）正五位下，宝龟八年正五位上。
2. 右中弁：是太政官手下的役人，右弁官的次官，相当于正五位上。卷二十・4514 左注中也提到家持任右中弁的事情。但《续日本纪》中没有记载。

新春若松　柴田是真

4491 深深的思恋

如深深的海底

提起裙裾徘徊

在菅原的乡里

此一首，藤原宿奈麻吕朝臣之妻石川女郎薄爱离别，悲恨
作歌也。（年月未详。）

二十三日，
于治部少辅大原今城真人之宅宴歌一首

4492 数月份还是冬季

可是云霞映照

春天已来到吧

此一首，右中弁大伴宿祢家持。

二年春正月三日[1]，召侍从[2]竖子[3]王臣等，

令侍于内里之东屋垣下，即赐玉帚肆宴。

于时，内藤原朝臣奉敕宣，诸王卿等随堪任意作歌并赋诗。

仍应诏旨，各陈心绪，作歌赋诗。

（未得诸人之赋诗并作歌也[4]。）

新春初子的今日　　4493

只是手取玉帚[5]

摇动的玉珠串啊

此一首，右中弁大伴宿祢家持作。但依大政，不堪奏之。

1. 二年春正月三日：天平宝字二年（758年）阳历二月十九日，初子之日。大伴家持四十一岁。
2. 侍从：这里的侍从并非一般的侍从，而是指天皇的近侍，担任忠谏、拾遗备忘、补正等工作，相当于从五位下。定员八名。
3. 竖子：又称内竖，负责君主身边的杂用。
4. 未得诸人之赋诗并作歌也：未得到诸人所作的诗赋与歌作。
5. 玉帚：中国从周朝汉代时起便有正月初子之日帝王躬耕、后妃亲蚕的仪式。藤原仲麻吕接受了这一文化，在当时的宫中举行这种仪式。在他失利后不复出现。

4494　鸭羽色的青马

今天看见的人

说能长寿无疆

此一首，为七日侍宴，右中弁大伴宿祢家持预作此歌。但依仁王会事[1]，却以六日于内里召诸王卿等赐酒，肆宴给禄。因斯不奏也。

1.仁王会事：指诵《仁王经》的法会，每年按惯例于正月七日白马节会时举行。这首预作歌也是未奏之作。

六日，内庭假植树木以作林帷¹而为肆宴歌一首

春色已经鲜明　　4495

黄莺快来林间鸣叫

此一首，右中弁大伴宿祢家持。（不奏。）

1.假植树木以作林帷：以树来代替帷幕。

街道 吉田博

二月，
于式部大辅中臣清麻吕¹朝臣之宅宴歌十首

4496　你真令人怨恨

　　　　府上的梅花凋散

　　　　也没让人来观赏

　　　　此一首，治部少辅大原今城真人。

4497　如果说想看

　　　　能说不行吗

　　　　到梅花凋散时

　　　　你也没有来

　　　　此一首，主人中臣清麻吕朝臣。

4498　愿今日高贵的主人

　　　　如池边常青的松树

　　　　像现在看见的这样

　　　　此一首，右中弁大伴宿祢家持。

1. 中臣清麻吕：中纳言正四位上意美麻吕之子，天平十五年（743 年）
从四位下。历任神祇大副、尾张守。天平胜宝三年（751 年）从五位上，
同六年左中弁。后又历任文部大辅参议、左大弁兼摄津大夫、神祇伯
兼中纳言。天平神护元年（765 年）从三位，天应元年（781 年），升
至右大臣正二位。延历七年（788 年）薨。

既然你这样说　　4499

　　我祈祷天地神灵

　　　希望能够长寿

此一首，主人中臣清麻吕朝臣。

梅花自清香　　4500

　　虽然相离远

　　　心里倾慕你

此一首，治部大辅市原王[1]。

八千种花皆凋零　　4501

　　在常青的松枝上

　　　我结下祈愿

此一首，右中弁大伴宿祢家持。

1. 市原王：前出，见卷三·412注释。

4502　梅花开散的春日

　　　　整日观赏不够

　　　　还有园中奇石

　　　　此一首，大藏大辅甘南备伊香真人[1]。

4503　府上池中的水波

　　　　不断拍打奇石

　　　　你总也看不够吧

　　　　此一首，右中弁大伴宿祢家持。

4504　我倾慕的人

　　　　请你每天来

　　　　没有中断的日子

　　　　此一首，主人中臣清麻吕朝臣。

1.甘南备伊香真人：前出，见卷二十·4489注释。

奇石的后面　　4505

昼夜栖居着鸳鸯

我不顾惜自身

顺遂你的心愿

此一首，治部少辅大原今城真人。

依兴，各思高圆离宫[1]处作歌五首

高圆野的宫殿荒凉　　4506

先帝辉煌的时代远去

此一首，右中弁大伴宿祢家持。

高圆山上的宫殿　　4507

虽然已经荒凉

先帝辉煌的英名

怎么能忘记

此一首，治部少辅大原今城真人。

1.高圆离宫：圣武天皇的离宫，位于奈良市的东南，圣武崩后与东大
寺等合并为春日庄。

4508　如高圆的原野上

　　　延伸的葛藤末端

　　　千年后能忘记

　　　我的大君吗

　　　此一首，主人中臣清麻吕朝臣。

4509　思念如葛藤不绝

　　　大君观赏过的原野

　　　应该结上标识

　　　此一首，右中弁大伴宿祢家持。

4510　大君正继续观赏

　　　望高圆的原野

　　　不禁失声哭泣

　　　此一首，大藏大辅甘南备伊香真人。

属目[1]山斋[2]作歌三首

4511　鸳鸯栖息在
　　　府上的庭园
　　　今日来观赏
　　　马醉木花正开

　　　此一首，大监物三形王。

4512　看池水倒映着
　　　盛开的马醉木花
　　　想捋进衣袖里

　　　此一首，右中弁大伴宿祢家持。

4513　照见石影的池水
　　　辉映马醉木花
　　　飘散让人惋惜

　　　此一首，大藏大辅甘南备伊香真人。

1. 属目：即瞩目。
2. 山斋：指规模较大的庭园。当时贵族的府邸中都有规模的不等的庭园山水。

二月十日[1]，
于内相[2]宅饯渤海[3]大使小野田守[4]朝臣等宴歌一首

海面风平浪静　　4514

来去畅通无阻

船儿会飞快吧

此一首，右中弁大伴宿祢家持。（未诵之。）

1. 二月十日：阳历三月二十七日。

2. 内相：藤原仲麻吕，其府邸在位于田村第、左京四条二坊。

3. 渤海：七世纪末至十世纪初，位于中国东北部至朝鲜半岛北部及西伯利亚沿海州一带的国家，建国者为大祚荣。天平宝字年间（757—765 年）第三代文王大钦茂在位时国力最强大。为了与唐和新罗对抗，渤海国派使臣求与日本联盟。日本遂与其建立了贸易为主的往来关系。当时藤原仲麻吕企图征讨新罗，因此很关心与渤海的关系发展。

4. 小野田守：天平十九年（747 年）从五位下。历任大宰少贰、遣新罗大使、刑部少辅等职，天平宝字二年（758 年）任出使渤海国大使，九月归国，十月升至从五位上。天平二年正月时，职位不明，在大宰府梅花宴上以"淡理"之名作歌。

4515　秋风吹弯胡枝子

　　　没能一起插头上

　　　就这样离别吗

　　　此一首，大伴宿祢家持作之。

1.七月五日：阳历八月十七日。

三年春正月一日¹，于因幡国²厅，

赐飨国郡司等之宴歌一首

新年伊始之际　4516

初春的今日降雪

更是吉事重重

此一首，守大伴宿祢家持作之。

东京十二题・春之阿陀由 川瀬巴水

参考文献

一、注释书

（一）江户时期以前

《万叶集抄》1册，藤原盛方？ 平安末期

收入《万叶集丛书》第九辑（古今书院 1926 年版；临川书店 1972 年重刊）、冷泉家时雨亭丛书《金泽文库本〈万叶集〉》卷第十八·中世万叶学》（朝日新闻社 1994 年版）；

《万叶集注释》20 册，仙觉，文永六年（1269 年），又称《仙觉抄》《万叶集抄》

收入《国文注释全书》第十七卷（国学院大学出版部 1910 年版；作为日本图书中心的《万叶集古注释大成》于 1978 年重刊）《万叶集丛书》第八辑（古今书院 1926 年版；临川书店 1972 年重刊）《京都大学国语国文学资料丛书》别卷二（临川书店 1981 年版）、冷泉家时雨亭丛书《金泽文库本万叶集卷第十八·中世万叶学》（朝日新闻社 1994 年版）。

（二）江户时期

《万叶集管见》10 册，下河边长流，宽文年间（1661—1673 年）

收入《万叶集丛书》第六辑（古今书院 1925 年版；临川书店 1972 年重刊）、《契冲全集》附卷《长流全集》（朝日新闻社 1927 年版）；

《万叶拾穗抄》30 册，北村季吟，贞享三年（1686 年）

(新典社 1975—1976 年版)；

《万叶代匠记》54 册，契冲，初稿本，贞享四年（1687 年）；精撰本，元禄三年（1690 年）

收入《契冲全集》第 1—4 卷（朝日新闻社 1926 年版）、《契冲全集》第 1—7 卷（岩波书店 1973—1975 年版）；

《万叶集僻案抄》3 册，荷田春满，享保年间（1716—1735 年）

收入《万叶集丛书》第二辑（古今书院 1923 年版）；临川书店 1972 年重刊）《荷田全集》第一卷（吉川弘文馆 1929—1932 年版）；

《万叶集童蒙抄》46 册，荷田春满、信命，享保十年（1725 年）前后

收入《荷田全集》第 2—5 卷（吉川弘文馆 1929—1932 年版）；

《万叶集札记》4 册，荷田春满、信命，元文年间（1736—1741 年）

收入《荷田全集》第五卷（古川弘文馆 1929　1932 年版）；

《万叶考》27 册，贺茂真渊，宝历十年（1760 年），明和五年（1768 年）刊

收入《贺茂真渊全集》第三卷（弘文馆 1904 年版）、《增订贺茂真渊》第 1—4 卷（吉川弘文馆 1927—1929 年版）、《贺茂真渊全集》第 1—5 卷（续群书类丛完成会 1977 年版）；

《万叶集问目》18 册，本居宣长问，贺茂真渊答，宝历十四年（1764 年）至明和五年（1768 年）

收入《贺茂真渊全集》第四卷（续群书类丛完成会 1977 年版）、《增补贺茂真渊》第十卷（吉川弘文馆 1927 年版）、《本居宣长全集》第六卷（筑摩书房 1970 年版）；

《万叶集玉之小琴》2 册，本居宣长，安永八年（1779 年）

收入《本居宣长全集》第五卷（吉川弘文馆 1902 年版）、《增补本居宣长全集》第七卷（吉川弘文馆 1927 年版）、《本居宣长全集》第六卷（筑摩书房 1970 年版）；

《万叶集问答》3 册，田中道麻吕问，本居宣长答，安永七年（1778 年）至天明二年（1782 年）

收入《本居宣长全集》第六卷（筑摩书房 1970 年版）；

《万叶集考槻落叶》3 册，荒木田久老，天明八年（1788 年）

收入《万叶集丛书》第四辑（古今书院 1924 年版）；临川书店 1972 年重刊）；

《万叶集旁注》20 册，惠岳，宽政元年（1789 年）；

《万叶集略解》30 册，橘千荫，宽政八年（1796 年）

(图书出版 1891—1892 年版）；修学堂 1910 年版；国民文库刊行会 1911 年版；博文馆 1912 年版；武扬堂书店 1936 年版；改造社 1941—1942 年版）；

《万叶集楷之杣》8册，上田秋成，宽政十二年（1800年）之后

收入《歌谣俳书选集》第八卷（文献书院1928年版)、《上田秋成全集》第二卷（中央公论社1991年版）；

《金砂》10册，上田秋成，享和四年（1804年）

收入《上田秋成全集》第二卷（国书刊行会1918年版)、《上田秋成全集》第三卷（中央公论社1991年版）；

《万叶集灯》7册，富士谷御杖，文政五年（1822年）

收入《万叶集丛书》第一辑（古今书院1922年版）；

《万叶集考证》15册，岸本由豆流，文政十一年（1828年）

收入《万叶集丛书》第五辑（古今书院1924—1926年版；临川书店1972年重刊）；

《万叶集古义》141册，鹿持雅澄，天保十年（1839年）

（宫内省藏版1886—1893年版；吉川半七刊1898年版；国书刊行会1912—1914年版；名著刊行会1928年版；精文馆1932年版）；

《万叶集桧嬬手》7册，橘守部，嘉永元年（1848年）

收入《橘守部全集》第四卷（国书刊行会1921年版)、《万叶集丛书》第三辑（古今书院1923年版；临川书店1972年重刊）；

《万叶集新考》26册，安藤野雁，安政四年（1857年）

收入《未刊国文古注释大系》第一册（帝国教育出版部1936年版）。

（三）江户时期以后

《万叶集注疏》6册，近藤芳树，明治初年？

（歌书刊行会1910年版）；

《万叶集美夫君志》8册，木村正辞

（光风馆1901—1911年版）；

《万叶集新考》8册，井上通泰

（歌文珍书保存会1915—1927年版；国民图书1928—1929年版）；

《口译万叶集》3册，折口信夫

（文会堂1916—1917年版)，收入《折口信夫全集》第四、五卷（中央公论社1966年版；中公文库1975年版）；

《万叶集新讲》1册，次田润

（成美堂书店1921年版；改修版上卷1935年版）；

《万叶集鉴赏及批评》1 册，岛木赤彦

（岩波书店 1925 年版），收入《赤彦全集》第三卷（岩波书店 1929 年版；1969 年再版）；

《万叶集讲义》3 册，山田孝雄

（宝文馆 1928—1937 年版；1970 年再版）；

《万叶集新解》2 册，武田祐吉

（山海堂 1930 年版；1939—1940 年改订增补版 3 册）；

《万叶集全释》6 册，鸿巢盛广

（大仓广文堂 1930—1935 年版；广文堂 1954—1958 年补修版）；

《万叶集新释》2 册，泽泻久孝

（星野书店 1931—1934 年版；1947—1948 年改订版）；

《万叶集论究》2 册，松冈静雄

（章华社 1934 年版）；

《万叶集总释》12 册，筱怙隆治编

（乐浪书院 1935—1936 年版）；

《万叶集精考》1 册，菊池寿人

（中兴馆 1935 年版）；

《万叶集评释》4 册，金子元臣

（明治书院 1935—1945 年版）；

《万叶秀歌》（岩波新书）2 册

斋藤茂吉，（岩波书店 1938 年版；1953 年改版；1968 年改版）；

《万叶集评释》12 册，洼田空穗

（东京堂 1943—1952 年版），收入《洼田空穗全集》第 13—19 卷（角川书店 1966—1967 年版）；

《万叶集》（日本古典全书）5 册，佐伯梅友、石井庄司、藤森朋夫

（朝日新闻社 1947—1955 年版；1973—1975 年新订版）；

《万叶集全注释》16 册，武田祐吉

（改造社 1948—1951 年版；角川书店 1956—1957 年增订版 14 册）；

《评释万叶集》7 册，佐佐木信纲

收入《佐佐木信纲全集》第 1—7 卷（六兴出版部 1948—1954 年版）；

《万叶集私注》20 册，土屋文明

（筑摩书房 1949—1956 年版；1969—1970 年补订版 10 册；1976—1977 年新订版 10 册）；

《万叶集》（日本古典文学大系）4 册，高木市之助、五味智英、大野晋

（岩波书店 1957—1962 年版）；

《万叶集注释》22 册，泽泻久孝

（中央公论社 1957—1977 年版）；

《万叶私记》2 册，西乡信纲

（东大出版会 1958 年版；未来社 1970 年合册再版）；

《万叶百歌》（中公新书）1 册，池田弥三郎、山本健吉

（中央公论社 1983 年版）；

《万叶东歌》1 册，室伏秀平

（弘文堂 1966 年版）；

《万叶集》（日本古典文学全集）4 册，小岛宪之、木下正俊、佐竹昭广

（小学馆 1971—1975 年版）；

《校注万叶集东歌、防人歌》1 册，水岛义治

（笠间书院 1972 年版）；

《现代语译对照万叶集》（旺文社文库）3 册，樱井满

（旺文社 1974—1975 年版）；

《万叶年表大成》1 册，佐佐木信纲

（养德社 1947 年版）；

《万叶集年表》1 册，松田好夫

（樱枫社 1968 年版）；

《万叶秀歌》（讲谈社学术文库）5 册，久松潜一

（讲谈社 1976 年版）；

《万叶集》（新潮日本古典集成）5 册，青木生子、井手至、伊藤博、清水克彦、
桥本四郎

（新潮社 1976—1984 年版）；

《万叶开眼》2 册，土桥宽

（日本放送出版协会 1978 年版）；

《万叶集全译注原文付》5 册，中西进

（讲谈社 1978—1986 年版）；

《注释万叶集（选）》1 册，井村哲夫、阪下圭八、桥本达雄、渡濑昌忠

（有斐阁新书 1978 年版）；

《**万叶集全注**》20 册（卷九、十一、十六、十九待出），伊藤博、稻冈耕二编
（有斐阁 1978 年版）；

《**万叶集**》（新编日本古典文学全集）4 册，小岛宪之，木下正俊、东野治之
（小学馆 1994—1996 年版）；

《**万叶集**》（和歌文学大系）4 册，稻冈耕二
（明治书院 1997 年版）；

《**万叶集**》（新日本古典文学大系）4 册，佐竹昭广、山田英雄、工藤力男、
大谷雅夫、山崎福之
（岩波书店 1999—2003 年版）；

《**万叶集释注**》13 册，伊藤博
（集英社 1995—2000 年版）。

二、本文及训读文

《**国歌大观歌集部**》松下大三郎、渡边文雄
（大日本图书出版 1903 年版；角川书店 1951 年再版）；

《**新训万叶集**》（岩波文库）2 册，佐佐木信纲
（岩波书店 1927 年版）；

《**万叶集总索引本文篇**》2 册，正宗敦夫
（白水社，万叶阁 1929 年版；收入《万叶集大成》第 12—14 卷本文篇，平凡社 1953—1954 年版）；

《**万叶集索引**》1 册，古典索引刊行会编
（塙书房 2003 年版）；

《**白文万叶集**》（岩波文库）2 册，佐佐木信纲
（岩波书店 1930 年版）；

《**新校万叶集**》1 册，泽泻久孝、佐伯梅友
（收入《万叶集总释》第十一卷，乐浪书院 1936 年版；创元社 1949 年改订单行；1977 年新订再版）；

《**定本万叶集**》5 册，佐佐木信纲、武田祐吉
（岩波书店 1940—1948 年版）；

《**万叶集本文篇**》1 册，小岛宪之，木下正俊、佐竹昭广
（塙书房 1963 年版）；

《万叶集译文篇》1 册，小岛宪之、木下正俊、佐竹昭广

（塙书房 1972 年版）；

《万叶集》1 册，鹤久、森山隆

（樱枫社 1972 年版）；

《新编国歌大观第二卷私撰集编》

（角川书店 1984 年版）；

《万叶集》（角川文库）2 册，伊藤博

（角川书店 1985 年版）；

《校订万叶集》1 册，中西进

（角川书店 1995 年版）；

《CD—ROM 万叶集》1 枚，木下正俊校订

（塙书房 2001 年版）。

三、校本、索引、辞书、年表

《校本万叶集》25 册，佐佐木信纲、桥本进吉、千田宪、武田祐吉、久松潜一

（校本万叶集刊行会 1924—1925 年版；岩波书店 1931—1932 年普及版 10 册；新增补版 17 册，佐竹昭广、木下正俊、神堀忍、工藤力男、广濑捨三，1994 年）；

《万叶集总索引》4 册，正宗敦夫

（白水社，万叶阁 1929—1931 年版；收入《万叶集大成》第 15—19—14 卷，平凡社 1953—1955 年版，平凡社 1974 年覆刻版 2 册）；

《万叶集释文索引记传之部》1 册，生田耕一编

（文献书院 1929 年版）；

《万叶集释文索引硕鼠漫笔之部》1 册，生田耕一编

（鼓琴窟 1931 年版）；

《古叶略类聚抄索引》1 册，生田耕一、小西达四郎编

（鼓琴窟 1931 年版）；

《古文献所收万叶和歌索引》1 册，涉谷虎雄

（文教书院 1963 年版）；

《万叶集各句索引》1 册，小岛宪之、木下正俊、佐竹昭广

（塙书房 1966 年版）；

《类聚＜古集＞索引》1册，小岛宪之编

（1937年私家版；临川书店1974年版）；

《万叶集注释索引篇》1册，泽泻久孝

（中央公论社1977年版）；

《万叶集歌句汉字总索引》上下卷2册，日吉盛幸编

（樱枫社1992年版）；

《万叶集各句索引》1册，高田升编

（樱枫社1992年版）；

《万叶集歌句汉文汉字总索引》1册，日吉盛幸编

（笠间书院1994年版）；

《万叶集事典》1册，佐佐木信纲

（平凡社1956年版）；

《时代别国语大辞典上代篇》1册，上代语辞典编修委员会编

（三省堂1967年版）；

《作者类别年代顺万叶集》1册，泽泻久孝、森本治吉

（新潮社1932年版；新潮文库版1936年版；艺林舍1976年再版）；

《日本古代人名辞典》7册，竹内理三、山田英雄、平野邦雄

（吉川弘文馆1958—1977年版）；

《万叶集歌人事典》1册，大久间喜二郎、森淳司、针原孝之编

（雄山阁1982年版）；

《日本古代氏族人名辞典》1册，坂本太郎、平野邦雄

（吉川弘文馆1990年版）；

《万叶集年表》1册，土屋文明

（岩波书店1932年版；1980年第二版）。

四、书司、讲座、定期刊物等

《万叶集书志（上代文学研究2）》1册，武田祐吉

（古今书院1928年版，收入《武田祐吉著作集》6，角川书店1973年版）；

《万叶集书目综览》1 册，松田好夫

（一正堂书店 1950 年版）；

《万叶书志学》1 册，前野贞男

（忍书院 1956 年版）；

《万叶集上、下（国语国文学研究史大成 1、2）》2 册，武田祐吉、森本治吉、

久松潜一编

（三省堂 1961 年版、1963 年版；1977 年增补版）；

《万叶集讲座》6 册，佐佐木信纲、藤村作、吉泽义则监修

（春阳堂 1933 年版）；

《万叶集讲座》4 册，久松潜一、森木治吉、木俣修监修

（创元社 1952—1954 年版）；

《万叶集大成》22 册，泽泻久孝等编

（平凡社 1953—1956 年版，1979 年复刻）；

《万叶集讲座》2 册（别卷 1），久松潜一监修

（有精堂 1972—1975 年版）；

《万叶集学习》8 册，伊藤博、稻冈耕二编

（有斐阁 1977—1978 年版）；

《万叶集必携》1 册，五味智英编

（学灯社 1967 年版）；

《必携万叶集要览》1 册，樱井满监修

（樱枫社 1976 年版）；

《万叶集必携（别册国文学 NO.3）》1 册，稻冈耕二编

（学灯社 1979 年版）；

《万叶集必携 II（别册国文学 NO.12）》1 册，稻冈耕二编

（学灯社 1981 年版）；

《万叶集事典（别册国文学 NO.46）》1 册，稻冈耕二编

（学灯社 1993 年版）；

《必携万叶集阅读的基础百科（别册国文学 NO.55）》1 册，神野志隆光编

（学灯社 2002 年版）；

《论集上代文学》万叶七曜会编

（笠间书院 1970 年版）；

《万叶集研究》五味智英、小岛宪之编，1987年起由伊藤博、稻冈耕二编

（塙书房1972年版）；

《古代文学》7册，古代文学会编

（武藏野书院1974—1982年版）；

《同万叶一起》上、下，犬养孝

（大和出版印刷株式会社1984年版）；

《万叶的歌人和作品》12册，神野志隆光、坂本信幸企画编辑

（和泉书院1999—2005年版）；

《万叶事始》1册，毛利正守、坂本信幸编

（和泉书院1995年版）；

《万叶集植物事典》1册，山田卓三、中信岛太郎

（北隆馆1995年初版）；

《万叶动物》1册，宫地たか

（溪水社2001年版）；

《万叶集的植物》1册，吉野正美等

（谐成社1988年第一版）；

《万叶集里歌唱的草木》1册，猪股静弥

（冬至书房2002年初版）。

学会杂志

《万叶》万叶学会；

《美夫君志》美夫君志会；

《上代文学》上代文学会；

《古代文学》古代文学会。

一版杂志

《国文学解释和教材的研究》（学灯社）

万叶专辑：1956年9月、1958年1月、1958年12月、1962年5月、1964年3月、1966年7月、1969年7月、1971年2月、1972年5月、1974年5月、1976年4月、1978年4月、1980年11月、1982年4月、1983年5月、1985年11月、1988年1月、1990年5月、1996年5月、1998年8月；

《国文学解释和鉴赏》（至文堂）

万叶专辑：1956 年 10 月、1961 年 2 月、1966 年 10 月、1967 年 9 月、1969 年 2 月、1970 年 7 月、1971 年 10 月、1972 年 9 月、1980 年 2 月、1981 年 9 月、1986 年 2 月、1997 年 8 月。

五、中国古辞书

《尔雅》

古字书，撰者不详，汉代初期以前成立，十三经之一。

《说文解字》

古字书，后汉许慎撰，汉和帝永元十二年（100 年）。

《切韵》

韵书，隋陆法言主编，隋仁寿元年（601 年）。

《广韵》

韵书，5 卷，《大宋重修广韵》的略称，北宋陈彭年等撰，宋大中祥符元年（1008 年）。

《玉篇》

字书，30 卷，南朝梁顾野王撰。北宋陈彭年等增补刊行，名为《大广益会玉篇》。顾野王的原本在中国很早便失传，日本现存顾野王原本卷 8、9、18、19、22、24、27 的写本。

《龙龛手鉴》

字书，4 卷，辽僧行均撰，辽统和十五年（997 年）。

《干禄字书》

字书，1 卷，唐颜元孙撰。

《艺文类聚》

类书，100 卷，唐欧阳询等撰，唐武德七年（624 年）。

《佩文韵府》

类书，106 卷，清康熙五十五年（1716 年）张廷玉等撰。

六、日本古辞书

《篆隶万象名义》

字书，30 卷，空海撰，天长七年（830 年）以后。

《新撰字镜》

汉和字书，12 卷，昌住撰，昌泰年间（898—901 年）。

《和名类聚抄》

汉和辞书，10 及 20 卷，源顺著，承平四年（934 年）前后。

《类聚名义抄》

平安末期的汉和辞书，3 卷，法相宗的学僧撰？

《本草和名》

平安初期的本草书，2 卷，深根辅仁著，延喜十八年（918 年）。

跋

　　拙译得到诸多师友的无私相助，尤其是旅日学者吴卫峰教授和刘小俊教授，给出了很多具体的修改建议。

　　吴卫峰教授向译者提供了沈策选译本《万叶集》的信息。沈策先生采用了口语形式选译了三百余首万叶和歌，译文准确传达出原歌的意境，这是译者先前在梳理汉译《万叶集》翻译历史时不应该忽视的译本。

　　刘小俊教授不吝赐教，指正了译者拙译中关于日语"霞"一词在翻译上的不足之处。刘小俊教授认为：

　　　　日语中的"霞"（kasumi），虽与汉语的"霞"用了同一汉字，但词义却不相同。日语的"霞"是"雾"或"霭"的意思，如果用诗歌语言表达的话可译为"烟霞"。在和歌创作当中有"春霞秋雾"一说，即"霞"（kasumi）指春雾。《万叶集》中"霞"（kasumi）所表现的是春雾缭绕、朦朦胧胧的歌境。如只因为用了同一个字就将日语的"霞"（kasumi）翻译成汉字"霞"，那么我国读者首先想到的会是天边的朝霞或晚霞。这样就会使读者所体会到的意境与原作的意境之间产生断裂，从而无法体会到原作的真正意境。

《万叶集》中出现"霞"（kasumi）的歌有数十首，译者依照刘小俊教授的建议，根据原歌的实际情况逐一进行了修改。在此向刘小俊教授深表谢意。

《万叶集》中有多首尚无定论的和歌，拙译尽量采用最新的研究成果译出。另外，译者能力有限，错误难免，恳请批评指正。

金伟 吴彦

2020 年 6 月 29 日

葵　酒井鶯浦

译者 | 金伟

日本古典文学研究学者。

日本大谷大学文学博士，主要研究方向为日本文学、佛教文学、西藏学。

现供职于成都大学外国语学院四川省泰国研究中心，兼任浙江工商大学东语学院东亚佛教文化研究中心研究员。

对日本古典文学诗歌的研究颇有深度。一些研究结果曾在日本文学界引起轰动，影响很大。

译者 | 吴彦

日本古典文学研究学者。

日本武库川女子大学文学硕士，主要研究方向为日本文学、佛教文学、艺术美学。曾供职于辽宁师范大学中文系、广西大学艺术学院、成都大学外国语学院四川省泰国研究中心。

两位译者留学日本期间，随万叶学者清原和义教授在奈良明日香村做风土
考察时，于万叶风土学开创者犬养孝教授所书万叶歌碑前留影。

译著

2001 年 《日本古代歌谣集》金伟、吴彦，春风文艺出版社

2006 年 《今昔物语集》金伟、吴彦，万卷出版公司

2019 年 《古代西藏史研究》金伟、吴彦、金如沙，台北新文丰出版公司

2022 年 《万叶集》金伟、吴彦，中信出版集团

诗集

2003 年 《燃烧时间的烟斗》金伟，四川文艺出版社

专著

2021 年 《今昔物语集研究》金伟、吴彦，上海交通大学出版社

2021 年 《行基菩萨》金伟，台北经典杂志出版社

策　　划 ｜
出　　品 ｜　作家榜

出 品 人 ｜　吴怀尧
总 编 辑 ｜　周公度
产品经理 ｜　赵如冰
封面设计 ｜　王贝贝
装帧设计 ｜　陈　芮
封面插图 ｜　［日］野地美树子
产品监制 ｜　陈　俊

图书在版编目（CIP）数据

万叶集/（日）大伴家持辑；金伟，吴彦译. -- 北京：中信出版社，2022.3
（作家榜经典名著）
ISBN 978-7-5217-3878-0

Ⅰ.①万… Ⅱ.①大…②金…③吴… Ⅲ.①和歌—诗集—日本—古代 Ⅳ.①I313.22

中国版本图书馆 CIP 数据核字（2021）第 270845 号

万叶集

编　　者：[日] 大伴家持
译　　者：金伟　吴彦

出版发行：中信出版集团股份有限公司
　　　　　（北京市朝阳区惠新东街甲 4 号富盛大厦 2 座　邮编　100029）
承 印 者：浙江新华数码印务有限公司

开　　本：889mm×1194mm　1/32　　印　　张：86.125　　字　　数：1820 千字
版　　次：2022 年 3 月第 1 版　　　　　印　　次：2022 年 3 月第 1 次印刷
书　　号：ISBN 978-7-5217-3878-0
定　　价：398.00 元